Lv2からチートだった元勇者候補のまったり異世界ライフ 15

Chillin Different World Life of the EX-Brave Candidate was Cheat from Lv2

Miya Kinojo 鬼ノ城ミヤ
Illustrations by 片桐

Name
リルナーザ
Name
スワン

Name
ワイン
∞
Name
リヴァーナ
∞
Name
サベア
∞

Name
金髪勇者
∞
「貴様！　いきなり襲いかかってくるなんて非常識にも程が……って、のわぁ!?」
Name
ツーヤ
∞
「ちっ、しぶとい！」
Name
ベンネエ
∞

Level2
ATK……∞
DEF……∞
AGI……∞
MP……∞
HP……∞
Chillin Different World Life of the EX-Brave Candidate was Chea Lv2
Lv2からチートだった
元勇者候補の
まったり異世界ライフ15
著 鬼ノ城ミヤ イラスト 片桐

Characters

Chillin Different World Life
of the EX-Brave Candidate was Cheat from Lv2

フリオ

フリース雑貨店を営む
元勇者候補。

リース

牙狼族でありフリオの妻。

ワイン（人族の姿）

ハイスペックだが
大食いな居候。

リヴァーナ

誇り高き水龍族の少女。

ガリル

フリオとリースの息子。
姫女王のことが気になっている。

エリナーザ

フリオとリースの娘。
フリオのことが好き。

リルナーザ

エリナーザの妹。
フリオとリースの次女。

ベンネエ

日出国の言条大橋に取り憑いた
強者を求める剣豪の思念体。

ヒヤ

光と闇の根源を司る魔人。

ダマリナッセ

精神世界で修練中の
暗黒大魔導士。

ベラノ

無口で人見知りの
小動物的教師。

ベラリオ

ミニリオとベラノの子供。

ブロッサム

農作業に精を出す元剣士。

ウーラ

正義感の強い鬼族で
行き場をなくした魔族達の長。

コウラ

ウーラの娘。
マイペースで口数が少ない。

テルビレス

神界を追われたお酒好きな駄女神。
ホクホクトンの家に居候中。

hillin Different World Life of the EX-Brave Candidate was Cheat from Lv2

Characters

Chillin Different World Life
of the EX-Brave Candidate was Cheat from Lv2

ゴザル

史上最強と言われる元魔王。

ウリミナス

ゴザルの妻にして
魔王時代の側近。

バリロッサ

ゴザルの妻である元騎士。

フォルミナ

ゴザルとウリミナスの娘。

ゴーロ

ゴザルとバリロッサの息子。

カルシーム

元魔王代行。チャルンと共に、
フリオ家に居候中。

チャルン

カルシームの妻となった魔人形。
お茶を煎れるのが得意。

ラビッツ

カルシームとチャルンの娘。
カルシームの頭の上がお気に入り。

グレアニール

フリース雑貨店で働く魔忍族。

スレイプ（人族の姿）

元魔王軍四天王の一人。
ビレリーと同棲中。

ビレリー

スレイプと同棲中の元弓士。

リスレイ

スレイプとビレリーの娘。

エリー（姫女王）

正義感が強い苦労人で
魔法国の女王。

ルーソック（第二王女）

外交を担当している
のんびり屋。

スワン（第三王女）

明るい性格で
内政を担当している。

タニア

記憶を失ったフリオ家の
押しかけメイド（神界の使徒）。

Chillin Different World Life of the EX-Brave Candidate was Cheat from Lv

Characters

Chillin Different World Life
of the EX-Brave Candidate was Cheat from Lv2

金髪勇者

勇者なのに魔法国から
指名手配中。

ツーヤ

金髪勇者と共に逃避行中。
お財布の中身が心配。

ヴァランタイン

邪界十二神将の妖艶な魔人で
見た目に反して大食い。

闇王

元魔法国の国王にして
闇商会の会長。

アルンキーツ

稀少魔族である荷馬車魔人だが
魔力が少ない。

ガッポリウーハー

稀少魔族である屋敷魔人だが
戦闘は苦手。

ドクソン

ゴザルの弟にして
仲間想いな新魔王。

フフン

ドクソン側近の
ドMサキュバス。

ベリアンナ

口は悪いが妹想いの悪魔人族。

アイリステイル

ガリルの同級生で
ベリアンナの妹。

サリーナ

ガリルの同級生。
ガリルに気があるようで……？

サベア(一角兎の姿)

フリオ家のペット。
一角兎のシベアとつがいに。

シベア

サベアのお嫁さんの一角兎。

スベア

サベアとシベアの子供。
ややツリ目気味の一角兎。

セベア

サベアとシベアの子供。
可愛い目つきが特徴。

ソベア

サベアとシベアの子供。
一角兎だが、体毛の色は狂乱熊。

hillin Different World Life of the EX-Brave Candidate was Cheat from Lv2

Level 2～

Lv2からチートだった元勇者候補のまったり異世界ライフ 15

Contents

Chillin Different World Life of the EX-Brave Candidate was Cheat from Lv2

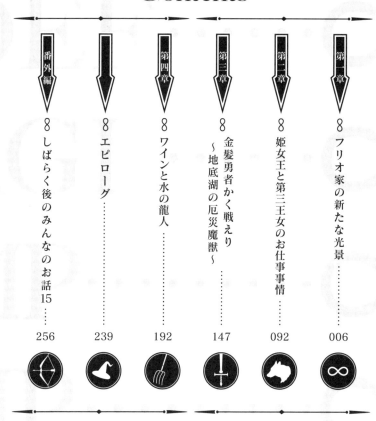

第一章 ∞……フリオ家の新たな光景…………8

クライロード世界――。

剣と魔法、数多《あまた》の魔獣や亜人達《たち》が存在するこの世界では、人種族と魔族が長きにわたり争い続けていた。

人種族最大国家であるクライロード魔法国と魔族の最大組織である魔王軍との間に休戦協定が結ばれて月日が流れ……。

人種族も、魔族も、新たな生活に順応し始めていた。

休戦当時は、魔族が先天的に有する魔素の問題があり、両種族間での積極的な交流は限定的にしかなかったのだが、クライロード魔法国が以前より試験的に導入していた魔素中和魔具を本格採用したことにより、状況が一変した。

この魔具は、魔素を浄化するのではなく魔族の体から漏れ出した魔素を中和させることが出来、さらにはその効果を都市単位で実行出来るため、魔族と人種族による直接交流が可能になったのである。

人種族と魔族の関係は急速に変化し始める――。

そんな情勢の中、魔素中和魔具の製造者であるフリース雑貨店の店主フリオは、クライロード魔法国と魔王軍両陣営からの依頼を受けて魔具を各都市へ輸送するとともに、フリース雑貨店の経営だけでなく、新たに開設した魔獣レース場の運営などにも尽力し、妻であるリースをはじめとするフリオ家の同居人達の協力を得ながら、忙しい日々を送り続けていた。

そんな中、フリオ家にも新たな変化が起きていた。

この物語は、そんな世界情勢の中ゆっくりと幕を開けていく……。

◇ホウタウの街・フリオ宅◇

夜……。

クライロード魔法国の中心地であるクライロード城より西方の地、国境近くにある商業都市ホウタウ。

そんなホウタウの街並みから少し離れた丘の上にフリオの家がある。

元は、こぢんまりとした平屋だったフリオの家。

まだクライロード魔法国と魔王軍が交戦状態にあった頃、魔獣達の襲撃を避けるために住人が避難し、空き屋になっていたのをフリオが買い取り、行動拠点にしたのが最初である。

そんなフリオ宅は、当初はフリオとリースの二人だけで暮らすつもりだったのだが、そこに魔獣の群れに襲われていたところをフリオ達に救われたバリロッサ一行と、リースに降参した狂乱熊《サイコベア》のサベアが加わり、次に、光と闇の根源を司《つかさど》る魔人ヒヤと暗黒大魔導士ダマリナッセ。さらに魔王の座を辞したゴザル一行が加わり徐々に大所帯になっていくに連れて、フリオが魔法で増築を行い、魔王軍四天王だったスレイプや魔王軍最強部隊である龍軍の戦士だったワイン、神界の使徒だったタニア達が合流、魔王代行から魔王まで務めたカルシームと従者の魔人形チャルンが加わった頃には、フリオ家は地上部分だけでも三階建てになっており、内部はフリオの魔法で拡張されており、見た目の何倍もの広さを誇っていた。

最初は家の隣に、気持ち程度に備えられていた家庭菜園も、農家の出身であるブロッサムと、元魔王軍だったゴブリンのマウンティとホクホクトン達の尽力により、広大な農園に成長している。

家と農場の間には放牧場が作られており、魔馬の扱いに長《た》けているビレリーと、死馬《しば》族であるスレイプと、スレイプの元部下達によって運営されていた。

農場の奥には、元魔王軍の一員だった鬼族ウーラが、戦禍から逃れた魔族達を集めて隠れ村を作っていた山を、フリオの魔法で山ごと移設されており、住人達は農場の従業員として毎日笑顔で働いている。

フリオとリースの間には、エリナーザ、ガリル、リルナーザと、三人の子供が生まれ、ゴザルやスレイプ、ペットのサベアの元にも子供が生まれ……。

フリオ家のリビング。

自分の椅子に座っているフリオは、近くにある一脚の椅子を見つめながら考えを巡らせていた。


——フリオ。

勇者候補としてこの世界に召喚された別の異世界の元商人。

召喚の際に受けた加護によりこの世界のすべての魔法とスキルを習得している。

今は元魔族のリースと結婚しフリース雑貨店の店長を務めている。一男二女の父。


「旦那様、どうかなさいましたか?」

リビングの中央におかれている大きなテーブルの上に、夕食用の料理を運んでいたリースは、怪訝《けげん》そうな表情を浮かべながらフリオに声をかけた。


——リース。

元魔王軍、牙狼《がろう》族の女戦士。

フリオに敗れた後、その妻としてともに歩むことを選択した。

フリオのことが好き過ぎる奥様でフリオ家みんなのお母さん。


「あぁ、いや……大したことじゃないんだけどさ……」

リースの言葉に、苦笑しながら返事をするフリオ。

そんなフリオの表情を見つめていたリースは、

「わかりました！　今朝の共狩り《デート》の事を思い出しておられたのですね！」

破顔一笑しながら、両手で頬を押さえる。

「最近は忙しくて一緒に狩りに出かける機会が減っておりましたけれども、その分、思う存分満喫出来ましたものね。特にあの大きな蛇の魔獣を退治した時は感極まってしまいました。なかなか手強《てごわ》かったですけれども、旦那様と私の愛の！　愛の!!　愛のクロスラインの前では敵ではありませんでしたものね」

両手を頬の横で握り合わせ、頬を上気させているリースは、軽くステップを踏みながら、今朝の共狩り《デート》の事を思い出し、歓喜に体を震わせていた。

そんなリースを、フリオは苦笑しながら見つめる。

「た、確かに今朝の共狩りは久々だったし、大きな魔獣も捕縛出来たし、色々と成果があったのは確かだけど、今考えていたのは別の事と言うか……この家ってさ、最初は僕とリースの二人だけだったのに……気がつけば賑《にぎ》やかになったなぁ……と、思ってさ」

フリオの言葉に、にっこり微笑《ほほえ》み返すリース。

「言われてみれば確かにそうですわね。いつの間にかこの群れも大所帯になりましたね。しかも、結構な戦力を有しておりますし、妻としても鼻が高いですわ」

牙狼族のリースは、フリオ家で暮らす皆の事を、フリオを中心とした群れと認識している。

これは、種族ゆえの特徴といえた。


（……結構な戦力って……まぁ、でも、確かに……元魔王のゴザルさんに、魔人のヒヤ、暗黒大魔導士のダマリナッセさんをはじめとして、この世界の中でもトップクラスの戦闘力を持った人々が集まっているのは否定出来ないもんな）

そんな思考を巡らせているフリオの隣で、リースはドヤ顔を浮かべながら胸を張っていた。

「長の妻として、その者達が飢えることなく、美味《おい》しい食事を与えるのも大切なお仕事ですからね。さぁ、みんなが集まってくるまでに、料理を並べ終えてしまいませんと」

リースがリビングから台所へ続いている扉の方へと向かう。

「あ、じゃあ、僕も手伝うよ」

椅子から立ち上がり、リースの方へ歩み寄ろうとするフリオ。

そんなフリオを、リースが右手で制した。

「旦那様は、そこに座って、皆を出迎えてくださいませ。それが群れの長たるものの勤めでございますわ。料理の準備は妻である私の仕事ですわよ」

満面の笑みを浮かべながら恭しく一礼すると、リースは台所へ向かって駆けていく。

そんなリースと入れ替わるようにして、台所からビレリーが姿を現した。

——ビレリー。

元クライロード城の騎士団所属の弓士。

今は騎士団を辞め、フリオ家に居候し馬の扱いが上手《うま》い特技を生かし、馬系魔獣達の世話をしながら、スレイプの内縁の妻・リスレイの母として日々笑顔で暮らしている。


「あ、ビレリー。それは旦那様の前に置いてくださいね」

「はぁい、かしこまりましたリース様ぁ。ちゃちゃっと準備を終わらせてしまいましょう」

その言葉通り、ビレリーは両手で大きな皿を抱えていた。

ビレリーが手にしている大皿の中には、肉と野菜の炒《いた》め物《もの》が山盛りになっている。

「よっこいしょ、っとぉ」

その大皿を、ビレリーがリビングの机の上に置いていく。

そこに、リスレイが、

「ただいま！」

元気な声とともにリビングへ入ってきた。


——リスレイ。

スレイプとビレリーの娘で、死馬《しば》族と人族のハーフ。

しっかり者でフリオ家の子供達のリーダー的存在。

「あら、リスレイ、お帰りなさい。今日の魔獣レースはどうだった？」

「今日は私達新人の試合は一試合だったけど、ぶっちぎりの一位だったよ！」

「まぁ、さすがはリスレ……」

満足気な表情のリスレイに、笑顔を向けていたビレリー……だが、その言葉が終わらないうちに、先ほどリスレイが通ってきた通路から、スレイプが駆け込んできた。


——スレイプ。

魔族である死馬族《しば》の猛者で、ゴザルが魔王時代の四天王の一人。

現在はフリオ家に居候しながら妻のビレリーとともに放牧場の運営を行いつつ、魔獣レース場へ騎馬として参加していた。


「あ、パパ……って、ちょ!?」

困惑するリスレイの元に一直線に駆け寄ったスレイプは、その太い両腕でリスレイの体をガッシと摑《つか》むと、そのまま頭上高くへ抱き上げた。

「さすがはリスレイじゃ！　今日のレースもすごかったぞ！　特にあの最終コーナーでの思い切りのよさ！　あれは普通の騎馬では出来ぬわい！」

スレイプはリスレイを抱き上げたまま歓喜の声をあげる。

そんなスレイプの腕の中で、リスレイは困惑しきりだった。

「ちょ!? ちょっとパパ！ う、嬉《うれ》しいけど、これ、かなり恥ずいから！」

「はっはっは！ よいではないか、よいではないか」

そんなリスレイを抱き上げたまま、歓喜の声をあげ続けているスレイプ。

その顔には、かつて魔王軍四天王としてクライロード騎士団を恐怖のどん底に叩《たた》き落としていた魔族の様子は微塵《みじん》も感じられなかった。

そんな室内に、ウーラが姿を現した。


——ウーラ。

鬼族の村の村長であり、コウラの父。

妖精族の妻が亡くなって以後、男手ひとつでコウラを育てながら、はぐれ魔族達の面倒をみている。

義理人情に厚く、腕力自慢で魔王ゴウル時代に四天王に推薦された事もある。


「はっはっは。相変わらず仲良しじゃな、二人は」

「何を言うか。それはお主も同じではないか」

持ち上げられているリスレイにほっぺたを引っ張られながらも、お構いなしといった様子で笑みを浮かべているスレイプ。

その視線の先には、娘のコウラを肩に乗せているウーラの姿があった。


――コウラ。

鬼族の村の村長ウーラの一人娘。

妖精族の母と鬼族の父の血を受け継いでいるハイブリッド。

シャイ過ぎて人見知りがすごいのだが、フリオ家の面々にはかなり心を開いている。


スレイプの視線に気がついたのか、コウラは恥ずかしそうに頰を赤く染めながらウーラの髪の中に顔を埋《うず》めた。

「……コウラ……恥ずかしい」

「はっはっは。コウラよ、恥ずかしがることはないぞ」

ウーラが笑顔でコウラの頭を撫《な》でる。

その後方から、ブロッサムが姿を現した。


――ブロッサム。

元クライロード城の騎士団所属の重騎士。

バリロッサの親友で、彼女とともに騎士団を辞めフリオ家に居候している。

実家が農家だったため農作業が得意で、フリオ家の一角で広大な農園を運営している。

「そうそう。ウーラの親父《おやじ》に肩車してもらうのが大好きなのは本当のことなんだしさ」

「……そう……だけど」

ウーラの頭に顔を埋めたままのコウラを肩に乗せたまま席に移動していくウーラ。

その隣を、一緒になって歩いていくブロッサム。

三人は、いつもの席へと腰を下ろしていく。

そんなブロッサムの後方に、ヒヤが姿を現した。


――ヒヤ。

光と闇の根源を司る魔人。

この世界を滅ぼすことが可能なほどの魔力を有しているのだが、フリオに敗北して以降、フリオのことを『至高なる御方《おんかた》』と慕い、フリオ家に居候している。


「至高なる御方、ただいま戻りました」

「やぁ、ヒヤ。今日もエリナーザとお出かけしていたのかい？」

「えぇ、至高なる御方のご息女様に、同行を依頼されまして、北方へと出向いてまいりました。ダマリナッセも一緒でございますわ」

フリオに対して恭しく一礼するヒヤ。

その隣には、ダマリナッセの姿も具現化していた。

ヒヤに敗北して以降、ヒヤを慕い修練の友としてヒヤの精神世界で暮らしている。

すでに肉体は存在せず、思念体として存在している。

暗黒大魔法を極めた暗黒大魔導士。

——ダマリナッセ。


「ったく、人使いの荒いお嬢様だよ、ホント。思いつきでクライロード魔法国の東の端から西の端まで転移しまくりなんだからさぁ。まぁ、アタシは転移は得意だからいいんだけどさ」

ため息を漏らしながら、両腕を後頭部で組み合わせていくダマリナッセ。

「ふふ。それだけ至高なる御方の御息女様に信頼されているということではありませんか。御息女様御自身も転移魔法を使用出来るというのに、その役目をあなたに託しているのですよ。その事については誉れと思い胸を張るべきでしょう」

「そ、そうかな……そう言われると、なんか悪い気がしないっていうか……」

ヒヤの言葉に、無意識に頬を染め、鼻の頭を右手の人差し指でポリポリかいていくダマリナッセ。

二人がそんな会話を交わしていると、

「パパ、ただいま！」

階段から、エリナーザが姿を現した。

――エリナーザ。

フリオとリースの子供で、ガリルの双子の姉で、リルナーザの姉。

しっかり者で魔法の探求に没頭しているが、重度のファザコンをこじらせている。

最近は、魔導書の収集と実践に余念がない。


その姿は、自室で研究をしている際に好んで身につけているぼさっとした長袖ロングスカートではなく、肩から先が露《あら》わになっているワンピース姿であった。


ちなみに、この格好……エリナーザは、父であるフリオがいる時にしかしない。

父であるフリオに、少しでも可愛《かわい》いと思ってほしいからこその行動である。


(……ホウタウ魔法学校を卒業されましたので、少しは改善されたかと思っておりましたが……至高なる御方の御息女様のファザコンは、なかなかどうして、いまだにかなりこじらせておられるようですね……)

フリオに笑顔で話しかけているエリナーザの様子を、ヒヤは苦笑しながら見つめていた。

「そういえばエリナーザ。明日、神界のゾフィナさんが、いつもの粉薬を取りに来るけど、準備の方は出来ているかい?」

「えぇ、今回の分はしっかり出来ているわ。でも、材料になる厄災魔獣のストックがかなり少なくなっているから、またドゴログマへ行く許可を取らないと……」

「じゃあ、お願いしておくよ。あ、それと、今朝、厄災魔獣を一匹捕縛したから、これを使ってくれるかい？」

「え？　厄災魔獣がいたのですか？　今日、ヒヤとダマリナッセと一緒にかなり探してみたのですけど、それっぽい気配を感じることしか出来なかったのに……どうして見落としてしまったのかしら……」

エリナーザが腕組みし、考えを巡らせていく。

そんなエリナーザに、フリオは、

「この厄災魔獣は、地下を移動していたみたいだから、地上からでは見つけにくかったのかもしれないね」

そう言って笑顔を向ける。

そんな二人の元に、タニアが歩み寄った。


――タニア。

本名タニアライナ。

神界の使徒であり強大な魔力を持つフリオを監視するために神界から派遣された。

ワインと衝突し記憶の一部を失い、現在はフリオ家の住み込みメイドとして働いている。

「僭越《せんえつ》ながら……そもそも厄災魔獣は球状世界を破壊しかねない存在です。だからこそ、神界の者達が神界の魔法によって存在を早期に探し出し、脅威な存在に成長する前に捕縛し、球状世界が存在している球状空間の底、地界に接している地下世界ドゴログマへ幽閉しているのです。神界の者達がそこまでして駆除している存在がそんなにちょくちょく出現されては、神界も大騒ぎになってしまうでしょう」

「「なるほど……」」

タニアの説明に、同時に頷《うなず》くフリオとエリナーザ。

しばしタニアを見つめていた二人は、同時に顔を見合わせた。

（……ねぇ、パパ……タニアって、ワイン姉さんと空中で激突した時の衝撃が原因で、記憶喪失になっているんですよね？）

（……そのはずなんだけど……それにしては、時々こうして以前の記憶を覚えていて、それを語ってくれたりするんだよね……）

フリオとエリナーザが顔を見合わせ、思念波で会話をしていると、タニアは、

「……あ、いえ、なんといいますか……そんな気がしただけです。決して、私の記憶が戻ったとか、そういう事は決してございません」

『頭が痛い』とばかりに、両手で頭を抱えながら二人へ話しかけた。

わざとらしいタニアの仕草を前にして、フリオとエリナーザはお互いに顔を見合わせながら、そ

の顔に苦笑を浮かべることしか出来ずにいた。

そんな二人の後方から、

「パパン！　エリエリ！　ただいま！　ただいま！」

満面の笑みを浮かべたワインが駆け寄ってきた。


――ワイン。

龍族最強の戦士と言われているワイバーンの龍人《ドラゴニュート》。

行き倒れになりかけたところをフリオとリースに救われ、以後フリオ家にいついている。

エリナーザ達の姉的存在。


「お帰りワイン。今日はどこまで行っていたんだい？」

「うん！　お空からレースを見て、それから定期魔導船と一緒にお空を飛んでたの」

フリオの首元に抱きつき、嬉しそうに頬ずりしているワイン。

（……お願いしていたレース場の監視と、定期魔導船の警備の仕事をこなしてくれていたんだな）

そんなワインを、フリオがいつもの飄々《ひょうひょう》とした笑みで見つめる。

「……ずいぶんしっかりしてきたと思うけど……朝のワインは……」

その笑顔が、苦笑へと変化していく。

◇◇◇

翌朝。

フリース山から顔を出した陽光が、フリオ宅を照らしていく。

そんなフリオ宅の二階の一室。

寝室らしい部屋の中には大きなベッドがおかれており、その中央でワインが寝息をたてていた。

「……う～……ぬぬぬ」

寝苦しいのか、眉間にシワを寄せ、左右の手をバタバタさせている。

その上半身がむくりと起き上がった。

目を半開きにしたまま、ゆっくりと左右を見回す。

しばらく周囲を見回し続けていたワインだが、さらに眉間にシワを寄せ表情を曇らせていく。

「……むぅ……フォルフォルがいないの……いないの……」

右手で、自らの右側を叩く。

「……むぅ……ゴロゴロもいないの……いないの……」

続いて、左側を叩いた。

数年前までは、ガリルとエリナーザ、リスレイ達と一緒に寝ていたワイン。

三人が大きくなった最近では、フォルミナとゴーロの二人と一緒に寝るのが習慣になっていたの
だが、そんな二人の姿が見えないことに、困惑した表情を浮かべ、クンクンと鼻を鳴らしながら周

囲を見回していく。

布団を引っぺがし、ベッドの下をのぞきこみ、室内を隅々まで探し回る。

その時、寝室の部屋の扉がガチャリと開かれた。

その音に、表情をぱぁっと明るくしたワインは、

「フォルフォル！　ゴロゴロ！」

そう言うが早いか、扉に向かって飛び跳ねた。

しかし、部屋に入ってきたのは、

「いえ、私はタニアです」

箒《ほうき》を片手に、いつもの無表情なまま扉の前に立っているタニアだった。

「うひゃあ!?　た、タニタニィ!?」

その姿を視認すると同時に、ワインは目を丸くする。

空中で手足をバタつかせながら、どうにかベッドに戻ろうとする。

しかし、その足をタニアがむんずと摑んだ。

「まったく……寝る時はきちんと寝間着を着るように、と、言っておりますよね？」

タニアの言葉通り、空中でじたばたしているワインは生まれたままの姿だった。

ワイバーンの龍人《ドラゴニュート》であるワインは、体内に火炎を吐く器官を持っている。

そのため、体温が高いワインは人種族の姿の際に服を身につけることを極端に嫌っており、隙あ

らば服をすべて脱ぎ去ってしまうのであった。

タニアはそんなワインに毎回服を着させているため、ワインはタニアのことを苦手にしていた。

スリットの入っているスカートのポケットに手を突っ込んだタニアは、取り出したワインの下着をすさまじい速さでワインに着せていく。

次いで、床の上に放り投げられていたワインの服を魔法で手繰り寄せた。

「や〜の！　や〜の！」

身をよじり、必死に逃げようとするワイン。

「あ、お待ちください！」

服を着せようとするタニア。

二人の攻防で、室内に大きな音が響いていた。

◇同時刻・フリオとリースの寝室◇

「……また、ワインとタニアかな」

二階から聞こえてくる喧噪《けんそう》に、フリオは思わず苦笑する。

そんなフリオの隣に立っているリースも、苦笑しながら天井を見上げていた。

「最近、毎日ですわね……まぁ、仕方ありませんけど」

「そうだね」

リースの言葉に、苦笑しながら頷く。

「いつも一緒に寝ていたフォルミナとゴーロが、ホウタウ魔法学校に通うことになったのを機に、自分たちの部屋で寝起きし始めたから……そのせいで、いつも三人で寝ていたワインが、いきなり一人になっちゃったから……」

（……仕事をこなしてくれたりして、ずいぶんしっかりしてきているんだけど……こういったところは、いまだに子供なんだよな……）

そんな事を考えながら、フリオは思わず苦笑する。

「以前は、ガリルもたまに一緒に寝てくれていましたけど、今はクライロード城勤務ですものね」

リースの言葉に、頷くフリオ。

「しかし……びっくりだよね。最初は、クライロード学院に入学するはずだったのに……」

◇同時刻・クライロード城騎士寮◇

「っくしゅ」

思わずくしゃみをしたガリルは、鼻に手をあてた。

「体調は悪くないんだけど……まぁ、気にしなくてもよさそうか」

そう言うと、ガリルはおもむろに逆立ちをはじめた。


——ガリル。

フリオとリースの子供で、エリナーザの双子の弟、リルナーザの兄にあたる。

いつも笑顔で気さくな性格でホウタウ魔法学校の人気者だった。

身体能力がずば抜けている。


起きてすぐだったらしく、寝間着のズボンのみを身につけているガリルは、上半身裸のまま、片手で体を支えると、その場で逆立ちしたまま腕立てをはじめる。

そんなガリルの後方に、突如霧が出現し、その中からベンネエが姿を現した。


――ベンネエ。

元日出国《ひいずるくに》の剣豪であり肉体を持たない思念体。

一騎打ちでガリルに敗れ、その強さに感服しガリルの使い魔として付き従っている。


「起きてすぐに修練とは、さすがは我が主《あるじ》ですわ」

「おはようベン姉さん。クライロード騎士団に入団したんだから、今まで以上に自分を鍛えていかないと、と思ってさ」

「その意気やよし、でございますね。まぁ、この国の騎士の中に我が主と互角に戦える者など、存在しておりませんのですが」

「そんなことはないよ。油断大敵、どんな時でも慢心することなく、いつでも最善を尽くせるよう心身ともに鍛えておかないとね」

腕立てを繰り返しながら、ガリルは真剣な表情を浮かべている。

そんなガリルの様子を、ベンネエは満足そうな笑みを浮かべながら見つめていた。

「……でも、あれだな……クライロード学院の件は、ちょっと残念だったかな……」

腕立てを繰り返しながら、苦笑するガリル。

◇同時刻・クライロード学院長室内◇

「納得いきませんわ！」

怒声とともに、クライロード学院長室の扉を勢いよく開けて入室してきたのは、クライロード学院の生徒会長を務めているルルンであった。


――ルルン。

魔族であるサキュバス族と人族のハイブリッドであり、人種族と魔族の友好施策の一環として、クライロード学院に迎え入れられた生徒の一人。

成績優秀で人望が厚く、生徒会長を歴任している。

紫のロングヘアをツインテールにまとめているルルンは、その髪を振り乱しながら机を両手で叩いた。

「お、おいおい、どうしたというのだルルンよ……何もそんなに青筋をたてなくてもだな……」

その気迫に若干押されながらも、にこやかな笑みを返すマクタウロ。


――マクタウロ。

かつてクライロード騎士団随一の騎士として常に最前線で魔王軍と戦い続けていた猛者。

魔王軍との間に休戦協定が結ばれたことを受けて新設されたクライロード学院の初代学院長となり後進の育成に取り組んでいる。


「青筋もたてたくなるというものですわ、まったく……」

ルルンは、伊達《だて》眼鏡を左手の人差し指で押し上げながら、マクタウロを睨み付けている。

「どうしてガリル君を、クライロード学院に入学させなかったのですか？　やっとホウタウ魔法学校を卒業して、編入試験まで受けさせておいて！」

「いや、仕方なかろう……」

マクタウロはルルンの言葉に苦笑を続ける。

「ルルンよ、お前も見ておったであろう？　ガリル君の入試の様子を？　筆記試験こそ、中の上であったものの、実技は完璧……どころか、模擬戦では、現役の騎士達が十人がかりで立ち合っても、まったく歯が立たなかったのじゃ。そのような人材だからこそ、騎士団員として迎えるべきではないか？」

「そ、それは……学院長のお言葉の意味は理解できますけど……」

（……やっと、ガリル君と一緒に学園生活を送れると思っていたのに……こんなのあんまりですわ……）

ルルンは歯を食いしばり、眉間にシワを寄せる。


……そう。

ルルンは、ガリルとはじめて出会った際に一目ぼれしてしまい、ガリルがクライロード学院に入学してくるのを待ちわびていたのであった。


「ま、まぁまぁ、そう怒るでない、ルルンよ。ガリル君の強い希望で、騎士団の仕事の合間に、座学の講義を受講することになっておるのじゃ。それと、これはワシがお願いしたのじゃが、剣技の臨時講師をしてくれることにもなっておるし……じゃから……」

マクタウロがそこまで口にすると、ルルンはその胸倉をつかみ上げた。

「それ、本当ですよね？　嘘《うそ》じゃないですよね？　絶対ですよね？」

「う、うむ、絶対じゃ」

「絶対に、絶対に、ぜっっっっったいですわよね？」

「う、うむ、絶対に、絶対に、絶対じゃから……手を離さぬか、ルルン」

必死に訴えるマクタウロ。

しかし、

（……よっしゃあ！　これでガリル君と一緒に学園生活を送れるわ！　ワンチャン彼女になれる可能性も出てきたわ！）

脳内で、ガリルとの楽しい学園生活を妄想しているルルンの耳に、その言葉はまったく入っていなかった。

◇同時刻・クライロード学院長室前◇

学院長室内に響き渡った声を、サリーナは学院長室の扉の前で聞いていた。

――サリーナ。

ホウタウ魔法学校でガリルの同級生だった女の子。

裕福な家の出身で入学当初はかなり高飛車な性格だったが、ガリルを慕ううちに性格が穏やかになった。

歌に魔力を込め、攻撃する魔法を得意にしている。

その内容に、サリーナは思わずガッツポーズをする。

（……っし！　入学試験の時に、ガリル様が成績が優秀すぎて学院を飛び越して騎士団に所属するって聞いた時には、さすがガリル様ぁ、でも、ガリル様を追いかけて入試に合格したサリーナはどうすればいいリン?って、狂おしく思っていたリンけど、ガリル様もクライロード学院に出入りされるのなら、問題ないリン！　これで、サリーナのガリル様のお嫁様作戦も、引き続き実行できるリン！）

扉の外、頭の中でそんなことを考えながらガッツポーズを繰り返す。

その光景に、近くを歩いている生徒や教職員達が怪訝そうな表情を浮かべていたのはいうまでもない。

◇ホウタウの街・フリオ宅◇

「まぁ、私と旦那様の子供ですもの。クライロード学院を飛び越して、クライロード騎士団に入団するのも当然ですわ」

ドヤ顔を浮かべながら、胸を張るリース。

その様子に、フリオはいつもの飄々とした笑顔で頷く。

「そうだね……確かに、リースの身体能力を強く受け継いでいるガリルだし、それも当然かもね」

「何をおっしゃるのですか！」

フリオの両腕をリースがガシッと摑んだ。

「旦那様の聡明《そうめい》さや優しさ、ほかにもいっぱいいっぱい素敵なところをガリルは受け継いでおりますわよ！　旦那様は謙虚すぎます。謙虚すぎるのも問題だと、私は思うのです」

「そ、そうだね……うん、以後、気を付けるよ」

「まぁ、でも……旦那様のいいところは、この私が、一番よく知っておりますし……それで十分といえば十分なのですけど……」

リースが頬を赤く染め、上目遣いでフリオを見つめる。

「……リース」

そんなリースをフリオはそっと抱き寄せた。

二人の顔が近づき、その唇が重なろうとした、その時、

「あ、パパ！　ママ！　おはようございます！」

そんな二人の後方から、リルナーザの元気な声がリビング中に響いた。


――リルナーザ。

フリオとリースの三人目の子供にして次女。

調教《テイム》の能力に長けていて、魔獣と仲良くなることが得意。

その才能を活用し、ホウタウ魔法学校へ入学後、魔獣飼育員を兼任している。


「り、リルナーザ、お、おはよう」

慌ててリースから体を離したフリオは、慌てながらも笑顔でリルナーザへ顔を向ける。

その横で、リースも頬を赤らめながら、

「これからみんなで朝のお散歩に行くのかしら？」

そう言葉をかけていく。

その視線の先、リルナーザの後方には、狂乱熊《サイコベア》姿のサベアとタベアの姿があった。


――サベア。

元は野生の狂乱熊《サイコベア》。

フリオに遭遇し勝てないと悟って降参し、以後ペットとしてフリオ家に住み着いている。

普段はフリオの魔法で一角兎《ホーンラビット》の姿に変化している。


――タベア。

厄災の熊の子供。

ドゴログマでリルナーザに懐き、クライロード世界までついてきた。

リルナーザの使い魔となっている。


二匹の足元では、一角兎《ホーンラビット》のシベアと、その子供であるスベア・セベア・ソベア達が、楽しそうにはしゃいでいる。


――シベア。

元は野生の一角兎《ホーンラビット》。

サベアと仲良くなり、その妻としてフリオ家に居候している。

——スベア・セベア・ソベア。

サベアとシベアの子供たち。

スベアとソベアは一角兎《ホーンラビット》の姿をしており、セベアは狂乱熊《サイコベア》の姿をしている。

「はい！　みんなでお散歩してきます！　帰りに、ブロッサムさんからお野菜をもらってくるのです」

フリオとリースへ満面の笑みを向けるリルナーザ。

その後方で、狂乱熊《サイコベア》姿のサベアとタベアが、

『僕たちにお任せください』

とばかりに、立ち上がり、胸をドンと叩いていた。

「学校へ行く時間に遅れないように、気を付けてね」

そんな一同に、フリオが笑顔で手を振る。

「はい！　行ってきます！」

リルナーザは笑顔で手を振り返し、玄関を出ていく。

すると、リルナーザを待っていたらしい魔獣達が、一斉に鳴き声をあげた。

それは、リルナーザに向かって挨拶をしているようだった。

どこか楽し気で嬉しそうな声が、周囲一帯に響く。

「……そういえば」

リルナーザを見送っていたリースが、不意に首をひねった。

「……まだ登校時間まで結構ありますのに、フォルミナとゴーロはもう登校していますけど……こんなに早く登校して、いったい何をしているのかしら？」

「あぁ、それなら……」

リースの言葉に、フリオは思わず苦笑を浮かべた。

◇同時刻・ホウタウ魔法学校内　闘技場◇

早朝のため、まだ数人の教員しか出勤していないホウタウ魔法学校。

その中央近くに、授業で使用する闘技場が設置されている。

この闘技場、フリオがフリース雑貨店の仕事として請負って建造しており、相当な威力の魔法を使用しても外部に影響が出ないように、完璧な防壁魔法で覆われていた。

そんな闘技場の中に、三人の人の姿があった。

「さぁ、今日こそパパから一本とってみせるの！　行くわよゴーロ」

身構えているフォルミナは、満面の笑みを浮かべながら右腕をぐるぐる振り回している。


——フォルミナ。

ゴザルとウリミナスの娘で、魔王族と地獄猫《ヘルキャット》族のハーフ。

ゴザルのもう一人の妻であるバリロッサにもよくなついている。

ホウタウ魔法学校にゴーロとリルナーザと一緒に通い始めた。


「……うん、僕、頑張る」

フォルミナの言葉に応えるように、両腕に力を込めるゴーロ。

すると、肘から先が肥大化していき、巨大なハンマーのような形状に変形していく。


――ゴーロ。

ゴザルとバリロッサの息子で、魔王族と人族のハーフ。

ゴザルのもう一人の妻であるウリミナスにもよくなついている。

口数が少なく、姉にあたるフォルミナの事が大好きな男の子。

ホウタウ魔法学校にフォルミナとリルナーザと一緒に通い始めた。


そんな二人の眼前に、ゴザルが立っていた。


――ゴザル。

元魔王ゴウルである彼は、魔王の座を弟ユイガードに譲り、人族としてフリオ家の居候として暮らすうちに、フリオと親友といえる間柄となっていた。

今は、元魔王軍の側近だったウリミナスと元剣士のバリロッサの二人を妻としている。

フォルミナとゴーロの父でもある。


ゴザルはその顔に笑みを浮かべながら両腕を広げた。

「はっはっは。その意気やよし。いつでもかかってくるがよい。私がしっかり稽古をつけてやろうではないか」

どこか余裕を感じさせながらも、一分の隙も見せない構えのゴザル。

まだ幼少ながらも、それに気がついているのかフォルミナとゴーロも迂闊《うかつ》には近づこうとしない。


対峙《たいじ》することしばし……


「……やっぱ、あれこれ考えても仕方ないの！　いくっきゃないの！」

焦《じ》れたフォルミナが、宙に舞ってゴザルに向かい、

「パパ！　覚悟」

右手の先に魔力を溜《た》め、一動作でゴザルに向かって叩きつける。

そこに、ゴーロが地を這《は》うようにスライディングしながらゴザルに迫る。

「ふむ、上下からの同時攻撃か……だが、まだまだだな」

ゴザルは右腕でフォルミナの魔弾を弾《はじ》き飛ばすと、スライディングしてきたゴーロをことともなげに自らの右足で弾く。

かなりの勢いで突っ込んできたにもかかわらず吹き飛ばされたゴーロは、すさまじい勢いで闘技場の壁に激突した。

同時に、弾き飛ばされたフォルミナの魔弾が、ゴーロとは逆側の壁に激突して爆音を響かせた。

「どうした？　もう終わりか？」

「まだまだ！　これからなの！」

「……うん、まだまだ」

余裕顔のゴザルに向かって、フォルミナとゴーロは再び駆ける。


そんな三人の様子を、防壁の外から見学している人物の姿があった。

つなぎの作業服を身につけているタクライドは、次々に壁に激突しては破裂しているフォルミナの魔弾の行方を見つめながら頭を抱えていた。


――タクライド。

ホウタウ魔法学校の事務員をしている人種族の男。

学校事務に加えて、校内清掃・修繕・保護者への連絡・外部との折衝などホウタウ魔法学校のほぼすべての業務を担っている。

「ち、ちょっとちょっとぉ。個人的な特訓はご自宅でお願いしますって、連絡網でもお願いしているでしょう？　なのに、なんでわざわざホウタウ魔法学校《こ　こ》で毎朝特訓するんですか？　フォルミナママとゴーロママぁ!?　そりゃあ、フリオさんが作ってくれた防壁ですから、周囲に危険が及ぶ心配はないとわかっちゃいますけどさぁ……」

爆音が響き続けている闘技場内と、隣に立っている面々をタクライドは交互に見つめる。

すると、

「おだまりなさぁい！」

タクライドの隣に立っていたニートが、タクライドに向かって怒声を張り上げた。

――ニート。

魔王ゴウル時代の四天王の一人、蛇姫《へびひめ》ヨルミニートが人族の姿に変化した姿。

魔王軍脱退後、あれこれあった後に請われてホウタウ魔法学校の校長に就任している。

「に、ニート校長？」

いきなりの怒声に、タクライドが困惑した表情を浮かべる。

そんなタクライドに、ニートは怒り顔を近づけた。

「あのねぇ？　生徒に、父親との触れ合いの場所を提供しているのが何か問題なのかしらねぇ？」

「ふ、ふれあいの場所って……とてもふれあっているってレベルじゃ……」

「おだまりなさぁい！」

困惑しているタクライドに対し、ニートが再び怒声を浴びせる。

「とにかぁく、始業前に限りこの場を開放することは私、ニートの決定事項なのよ。異議は一切認めないわぁ」

「い、いや、でも……万が一、他の生徒が入ったりしたら……」

「そのようなことがないように、この私！ ホウタウ魔法学校の校長であるこの私！ 自らが！ 毎日立ち会っているのよねぇ！ ほら？ どこにも問題ないでしょう？」

「い、いや、まぁ……た、確かにそうなんですけど……」

ニートの勢いに、たじたじのタクライド。

そんな二人のやり取りを、隣に立っているウリミナスがくすくす笑いながら見つめていた。


——ウリミナス。

魔王時代のゴザルの側近だった地獄猫族《ヘルキャット》の女。

ゴザルが魔王を辞めた際にともに魔王軍を辞め、亜人としてフリース雑貨店で働いている。

ゴザルの二人の妻の一人で、フォルミナの母。

「いろいろ理由をつけているけど、ニートの奴《やつ》、ゴザルのかっこいいとこがみたいだけニャ」

「え？　そ、そうなのか？」

ウリミナスの言葉に、その隣に立っていたバリロッサが今度は困惑した表情を浮かべていく。


――バリロッサ。

元クライロード城の騎士団所属の騎士。

今は騎士団を辞め、フリオ家に居候しながらフリース雑貨店で働いている。

ゴザルの二人の妻の一人で、ゴーロの母。


「ニートは、ゴザルが魔王だった頃の四天王の一人ニャったけど、その中でも特にゴザルの戦いぶりに心酔していたニャ。ニャから、ゴザルと子供たちのふれあいの場所ってことにして、闘技場《ここ》を貸し出してるニャ。その証拠に……ほら」

ニシシと含み笑いをしながら右手の親指でニートを指さすウリミナス。

バリロッサがそちらへ視線を向けると、タクライドとやりあいながらも、その合間に闘技場内へ視線を向けているニートの姿があったのだが、その頬は赤く上気し、瞳はハート型になっており、時に両手を胸の前で組み合わせ、まるで乙女のような表情で目の前で繰り広げられている光景に見入っていたのであった。

（……あぁ、これですわ、これ！　私はゴウル様のこのお姿を拝見したかったのですわぁ……あぁ、まさかまたこうして、ゴウル様の勇ましきお姿を拝見出来る日が来るなんて……ホウタウ魔法学校の校長なんて、最初引き受けた時は落ち込んだものですけど、まさかこのような恩恵に与れるなんて……ニート……し・あ・わ・せ♡）

「……なるほど、よく理解した」

完全にイッた目をして、闘技場へ視線を向けているニートの様子に気がついたバリロッサは、その顔に苦笑を浮かべるしかなかった。

そんなギャラリーの視線の先で、ゴザル対フォルミナとゴーロの模擬戦は続いていた。

その時だった。

闘技場の地面がいきなり盛り上がり、そこから一匹の魔獣が飛び出してきた。

グガァ！

ゴザルの背後、咆哮《ほうこう》とともに地面から巨軀《きょく》を躍らせる蛇型の魔獣。

その魔獣が、土の中から全身を露わにする前に、

ガシィ！

その顔面を、ゴザルが片手でガシッと鷲《わし》づかみにした。

予想外だったのか、蛇の魔獣は困惑しつつ、必死に体をくねらせる。

しかし、ゴザルの腕はビクともしない。

必死になっている蛇の魔獣に対し、ゴザルはというと、涼しい表情を浮かべたまま、片手で鷲づかみにしている蛇の魔獣をフォルミナとゴーロの眼前へ突き出した。

「よいか、二人とも。戦いというのは刻一刻と状況が変化していく。どこから不確定要素が割り込んでくるかなど、予想すら出来ぬものだ。だからこそ、戦闘時には常に周囲にも気を配る必要があり……」

ゴザルは魔獣を片手に戦闘においての注意を語る。

そんなゴザルを、

「ふわぁ……パパすごいの！　アタシとゴーロを相手しながら、魔獣の気配まで察知していたなんて！」

目をキラキラさせながら見つめているフォルミナと、

「……うんうん、すっごく勉強になる」

ゴザルの言葉を一言一句聞き逃すまいと、身を乗り出しながらその話に聞き入るゴーロ。

そんな三人の様子を、ギャラリーの面々は啞然《あぜん》とした表情で見つめていた。

「う、ウリミナス殿……あの魔獣の気配に気がついたか？」

「う、ウニャ……何かいるなぁ、って気配は感じていたニャけど……」

「……さすがにニート校長は気がついていましたよね？」

「な、何を言うのかしらねぇ、タクライドってば……そ、そりゃ、当然気がついていたに決まっているのよねぇ」

「……それにしては、慌てているニャ……怪しいニャ」

「う、ウリミナスまで、何を言っているのかしら」

そんな会話を交わしている面々。


その視線の先では、ゴザルが戦闘時の心得を説き続けていたのだが……

（……しかし、この魔獣……どうやら伝説の厄災魔獣ヒュドラナに酷似しているようだが……ヒュドラナといえば、クライロード魔法国の伝承では巨大な体軀《たいく》に強大な九本の首を持つ厄災魔獣と言われていたはずだが……この魔獣は首が一本しかないし、サイズもかなり小さい……ふぅむ……そういえば、九つの……）

ゴザルは内心でそんな思案を巡らせていた。

「……さて、解説はここまでにして、修錬の続きを行おうか。ここを使用出来る時間も残り少ないしな」

「「はい！」」

ゴザルの言葉を合図に、フォルミナとゴーロはゴザルと距離を取り、身構えていく。

そんな二人の様子を、ゴザルは楽しそうに笑みを浮かべながら見つめていた。

◇同時刻・ホウタウ魔法学校購買◇

ドドーン！

何発目かの轟音《ごうおん》が響く。

防壁のおかげで、爆音があまり周囲には響いていないのだが、闘技場に近い購買にはその音がはっきり聞こえていた。

「……今朝も……すごい」

購買の中で顔を上げたのはアイリステイルだった。


——アイリステイル。

ガリルの同級生だった女の子。

卒業後、フリース雑貨店に入店し、ホウタウ魔法学校の購買勤務になっている。

悪魔人族で、ぬいぐるみを通じてでないと会話が出来ない恥ずかしがり屋。

姉は、現魔王軍四天王の一人ベリアンナだが、それは秘密にしている。

多分に漏れず、いまだにガリルに恋心を抱いている。

アイリステイルはいつものゴスロリ衣装の上に、フリース雑貨店のエプロンを身につけていた。

ここ、ホウタウ魔法学校の購買は、二階にある学生寮も含めてフリース雑貨店が委託され運営しているのであった。

ちなみに……

当初は、同級生であり初恋の相手でもあるガリルの後を追ってクライロード学院への進学を狙っていたアイリステイルなのだが、

「あの試験さえ合格出来ていれば……私もガリルくんと一緒にクライロードのお城にいることが出来たかもしれないんだ……ごるぁ……」

アイリステイルは、口元にあてているぬいぐるみの口をパクパクさせながら腹話術よろしく呟き、大きなため息をつく。

このアイリステイル……

頭脳明晰《めいせき》で魔法学の理解度などには目を見張るものがあるのだが、生まれながらの虚弱体質のため、体力テストで全受験生中ワーストの記録をたたき出してしまい、あえなく不合格となってしまったのであった。

そんな中、

『この子、魔法の知識がすごいから、フリース雑貨店で雇ってもらえないかしら？』

エリナーザの推薦もあって、フリース雑貨店に入店し、ここホウタウ魔法学校の購買へ配属され

ていた。

「……うん、そうだ……アイリステイルを推薦してくれたエリナーザちゃんのためにも、しっかり頑張らないと、って、アイリステイルも言っているんだごるぁ！」

ぬいぐるみの口を腹話術よろしく動かし、一度自らの頬を軽くたたいたアイリステイルは、購買の中へと入っていった。

そんなアイリステイルの様子を、窓の外から見つめている一人の女の姿があった。

アイリステイルの姉、ベリアンナである。

——ベリアンナ。

悪魔人族で、現魔王軍四天王の一人。

大鎌の使い手で、日々魔王領内を飛び回っている。

アイリステイルの姉。

大きな帽子を被り、サングラスをかけ、ロングのトレンチコートで体を隠している姿は、端から見ると不審者以外の何物でもないのだが、受験に失敗し、家でも落ち込み続けているアイリステイルの事が心配で、わざわざ様子を見に来ているベリアンナが、そんな事に気がつけるはずがなかった。

（……アイリステイル……このクソ姉貴が運動神経を全部持ってっちまったせいで……）

ぐすっと鼻を鳴らし、涙目になりながら窓の中、購買の中で作業しているアイリステイルの様子を見つめている。


早朝のホウタウ魔法学校では、様々な人間模様が繰り広げられていた。

◇◇◇

昼前のフリオ家。

留守居をしている魔馬達がのんびりと放牧場を駆けている。

そんな中、一人の女が入り口の前に降り立った。

「……いつ来ても、ここはいい場所ですね……魔獣達が人種族達と共存している。世界によっては、魔獣達を家畜としか見なさない所も多いというのに」

その顔には、どこか優しい笑みが浮かんでいる。

「やぁ、ゾフィナさん」

そんな女――ゾフィナに声をかけたのは、フリオだった。

――ゾフィナ。

クライロード世界を統治している女神の使徒にして、神界の使徒である神界人。

血の盟約の執行人としての役目も担っており、その際には半身が幼女、半身が骸骨の格好で姿を現す。

ある球状世界の店で提供されているゼンザイを好物としている。


「これは、フリオ殿。いつもお世話になっております」

フリオに向かい、頭を下げるゾフィナ。

「いつもの粉薬を頂きに参ったのですが」

「えぇ、粉薬は、エリナーザが準備してくれていますので、ご案内しますね」

そう言うと、フリオは右手を前方に伸ばした。

その手の先に魔法陣が展開し、その中からドアが出現する。

「今日は、家の中には入らないのですか？　いつもは家の裏にある工房の中で作業をされていたはずでは……」

「えぇ、最近は別の場所で作業しているんです」

そう言うと転移ドアをあけ、その中へ入っていく。

◇？？？◇

フリオに続いて転移ドアをくぐったゾフィナは、怪訝そうな表情を浮かべながら周囲を見回していく。

「……ここは……」

そこは、大きめの室内といった空間で壁一面に本棚が設置されており、その中には書物がびっしりと詰め込まれていた。

「……クライロード《この》世界の魔導書……だけではない……暗黒大魔法に関する魔導書に……別の世界の魔導書まで……」

ゾフィナは書物を見回しながら、目を丸くする。

そんなゾフィナの前方、フリオが進んでいる先には大きな机があり、それに面している椅子には、一人の女の子が座っていた。

その女の子は、大きめの眼鏡を外すと、

「いらっしゃいパパ！」

満面の笑みを浮かべながらフリオに抱きついた。

そんな女の子を、フリオはいつもの飄々とした笑みを浮かべながら抱き留める。

「急にお邪魔してごめんね、エリナーザ。今、大丈夫だったかな？」

「えぇ、もちろん大丈夫に決まっているわ、パパ！　パパのためなら、大丈夫じゃない時なんてありえないもの」

エリナーザは、その顔に満面の笑みを浮かべ続けながら、フリオの胸に顔を埋めていた。

「早速で申し訳ないんだけど、ゾフィナさんがいつもの魔法薬を購入しに来ているんだけど」

「えぇ、もちろん出来ているわ」

フリオに笑顔で頷くと、右手をパチンと鳴らすエリナーザ。

すると、フリオの後方で、周囲の魔導書を見回し続けていたゾフィナの手の中に紙袋が出現した。


この魔法薬……

稀少《きしょう》な魔獣を素材として生成されているためにフリオとエリナーザにしか生成することが出来ないのだが、非常に高度な回復能力を有している。さらには、神界の女神達の肌を若返らせる効能があるため、神界の女神達がこの薬を求めてクライロード世界に無断で降臨する事案が多発した。本来、女神が降臨出来るのは女神が統治に関与している世界に限定されており、この事態を重くみた神界の上層部の判断により、この魔法薬をクライロード世界の女神の使徒であるゾフィナを窓口として入手し、神界で配布する仕組みを構築していたのであった。


「い、いつもありがとうございます」

「これも、パパのお仕事のお手伝いですもの。喜んで頑張らせてもらいますわ」

エリナーザがフリオに抱きついたまま返事をする。

「いつもありがとう、エリナーザ。おかげで助かっているよ」

フリオはそんなエリナーザの頭を撫でる。

その言葉に、エリナーザは笑顔をさらに輝かせた。

さらには、感情が高ぶったためか、その額の宝玉が琥珀《こはく》の輝きを発していく。

（……そういえば、エリナーザ殿は神界の女神の祝福を受けてこの世界に生まれていたのであったか……私も永きにわたって、神界の使徒の役目を担っているが、エリナーザ殿のような存在と実際に相まみえるのは初体験であったな……）


目の前で、フリオに抱きついたままのエリナーザを見つめ続けるゾフィナ。

そんなゾフィナへ、エリナーザが視線を向けた。

「そうそう、そういえば私、ゾフィナさんにお聞きしたいことがあったんだけど」

「はい、なんでしょう？」

「あのね、転移魔法のことなんだけど……パパや私が使える転移魔法って、クライロード世界の上位魔法である神界魔法なのよね？」

「えぇ、そうですね。フリオ殿とエリナーザ殿は、クライロード世界でも超越者にしか……と、いいますか、クライロード世界で二人しか使用できないラーニング魔法によって、神界魔法を習得なさっておられますので……」

「でね……不思議に思ったんだけど……神界の下にある球状世界って、常に移動しているから、クライロード世界の転移魔法では、狙った球状世界へ転移することが出来ないでしょ？　でも、ゾフィナさんは、定期的にクライロード世界に来ているでしょ？　だから、神界魔法の転移魔法なら、狙った球状世界へ移動できると思って、この間試してみたんだけど……なんか、うまくいかなかったんですよね」

「あぁ、それは、これのおかげですね」

そう言うと、ゾフィナは、首元にかけているネックレスを手に取った。

その先端には、魔石が埋め込まれた円形の飾りが取り付けられている。

「これは、神界の上位女神様しか生成出来ない『ワールド・ログ』という魔法装具なのですが、これを所持した状態で神界の転移魔法を使用すれば、登録してある球状世界に自由に転移することが出来るんです」

「まぁ、そんな仕組みがあるのですね……」

エリナーザはワールド・ログを指先で触りながらまじまじと観察する。

「……あれ？　でも、おかしいな……」

そんなエリナーザの隣で、一緒にワールド・ログを見つめていたフリオが首をひねった。

「じゃあ、なんで地下世界『ドゴログマ』には、僕やエリナーザが使用できる転移魔法だけで移動できるんです？」

「あぁ、それは、簡単な話です。球状世界の下部に存在しているドゴログマは、地下世界に固定された状態で存在しているのですよ」

「あ、そっか。移動していないから、僕達の転移魔法でも転移することが出来るんですね」

「えぇ、そういうことです」

フリオの言葉にゾフィナが頷く。

その間も、エリナーザはワールド・ログを触りながら、見つめ続けている。

その姿に、ゾフィナは違和感を覚えた。

（……そういえば……以前、このワールド・ログを解析して、球状世界を自在に行き来することが出来る超位転移魔法を作り出した魔導士がいるという噂《うわさ》を聞いたことがあるが……まさか、エリナーザ殿も、ワールド・ログ《これ》を解析しようとしているのでは……）

ゾフィナは慌てている事を悟られないよう、その顔に笑みを浮かべながらワールド・ログを胸元に戻した。

そんなゾフィナを前にして、エリナーザはごく普通の様子で笑顔を返していた。

（……こんな短時間でワールド・ログを解析出来るはずがないし、かといって、解析するためにもっと手に取りたいと懇願されるでもないし……私の考えすぎだったか……と、とにかく、話題を変えないと……）

ゾフィナは、小さく咳払《せきばら》いをすると、エリナーザへ視線を戻した。

「……そ、そういえば、ここはいったいどこなのですか？　エリナーザ殿がいつも魔法の研究をされている工房ではないようですが……」

ゾフィナの言葉に、エリナーザは笑顔のまま頷く。

「えぇ、そうなの。今まではパパの工房の一室を使わせてもらっていたんだけど、魔法で限界まで拡張しても無理になってしまったから、今はパパの工房の地下に、私専用の工房を作ったの」

「地下に、ですか？」

「えぇ、地下なら、思い通りに拡張できるから、今はそれなりに満足しているの……でも、厄災魔獣が出現しても、隠蔽魔法を使われてしまうと見つけにくくて……ちょっと困っているの……さてさて、どうしたものでしょう」

エリナーザは腕組みすると、ぶつぶつと独り言をはじめる。

「あ、あの……エリナーザ殿？」

あっけにとられながらもゾフィナが話しかける。

そんなゾフィナの目の前で、エリナーザは、

「……そういえば、オルドワース魔法学校の書物の中に……」

ぶつぶつと独り言を続けるばかりだった。

そんなエリナーザを前に、ゾフィナは困惑するほかなかった。

そんなゾフィナに、フリオが苦笑しながら歩み寄る。

「あはは……すいません。ああなってしまうと、エリナーザってば、誰の言葉も耳に入らなくなってしまうんですよ。とりあえず、僕の家でお茶でもいかがですか？」

「あ、はい……それでは、お言葉に甘えさせていただきます」

頷くと、フリオに続いて歩き出す。

先ほどくぐってきた転移ドアをくぐり、フリオとゾフィナは姿を消した。

するとそれまでぶつぶつと独り言を続けていたエリナーザは、それを止めると、小さく息を吐いた。

「……なるほど、球状世界間の転移には、そんな秘密があったのですね」

そう言うと、右手を眼前に向かって伸ばしていく。

小さく詠唱すると、空中に大量の文字が出現した。

その文字は、あっという間に天井部分を覆い尽くし、さらに出現し続けていた。

「……うん。ラーニング出来たみたいね。あとは、これを封印できる魔石を見つけて……」


そう……

エリナーザは、先ほどの短い時間で、ワールド・ログのすべてを解析し終えていたのであった。


空中に表示された文字を読み取りながら、うんうんと頷く。

その顔には、まるで新しい玩具《おもちゃ》を手にした子供のような笑みが浮かんでいた。

◇クライロード城・玉座の間◇

玉座に座っている姫女王は、地方からやってきた騎士からの報告を受けていた。

――姫女王。

クライロード魔法国の現女王。本名はエリザベート・クライロードで、愛称はエリー。

父である元国王の追放を受け、クライロード魔法国の舵取《かじと》りを行っている。

国政に腐心していたため彼氏いない歴イコール年齢のアラサー女子。


「まぁ……そのような事が……」

「はい、クライロード魔法国の北方で地震が頻発しているのですが、その原因がさっぱりわからず……周辺の住民より、原因の追究と地震の沈静化を求める陳情が寄せられておりまして……」

報告を続ける騎士の言葉を聞きながら、姫女王は眉間にシワを寄せていた。

（……ただの地震であれば、城の魔導士達を派遣し、地鎮魔法を展開すれば治めることが出来るでしょうけど……地震が頻発している場所が、かつて厄災魔獣を封印したと言われている一帯に近いというのが気になります……かつて、クライロード大陸の全土を恐怖のどん底に叩き落としたと言われている、あの伝説の厄災魔獣……）

姫女王が考えを巡らせていると、玉座の右隣に控えていた第二王女が姫女王に近づき、耳元に口を寄せた。


――第二王女。

姫女王の一番目の妹で、本名はルーソック・クライロード。

姫女王の片腕として、魔王軍と交戦状態だったクライロード王時代から外交を担当し、他の人種族国家と話合いを行っていた。

ざっくばらんな性格で、普段は姫女王にもフランクに話しかける。


「姫女王姉さん」

第二王女が小声で姫女王に囁《ささや》く。

「騎士が言っているあたりって……確か……」

「……えぇ、私もその可能性を危惧しておりました……」

無言になり、二人は互いに顔を見合わせる。

その顔はいつしか強《こわ》ばり、額に汗がにじんでいた。

思案を巡らせていた姫女王は、しばしの後にようやく口を開いた。

「……予言師様を呼びましょう」


予言師……

予言のスキルを有する稀少な魔導士である。


「わかりました。すぐに手配します」

そう言うが早いか、第二王女は玉座の間を飛び出していった。

そんな第二王女の後ろ姿を見送った姫女王は、

（……せっかく、魔王軍との間に休戦協定を結ぶことが出来、ようやく国民の皆が平和を謳歌《おうか》出来ているというのに……）

姫女王は、両手で口元を覆いながら大きなため息を漏らしていた。

◇数刻後◇

第二王女が玉座の間に戻ってくると、その傍らに一人の高齢の女性の姿があった。

その高齢の女性は、姫女王の前で立ち止まり、恭しく一礼する。

「姫女王様におかれましては、ご機嫌うるわしゅう……いえ、このような挨拶をしている場合ではないようでございますな。何しろ世界一の魔法国家であるクライロード魔法国の女王が、魔導士のはしくれの婆《ばば》の予言スキルに頼ろうとなさっておられるのじゃからのぉ」

「予言師様……ご謙遜はおよしくださいませ。貴方様《あなたさま》の予言のスキルが、今まで何度クライロード魔法国を救ってこられたか……」

「事情は道中にて、第二王女様よりお聞きいたしております……」

姫女王の言葉に頷くと、近くに準備されていた椅子に座り、懐から取り出したカードを机上に並べていく。

目を閉じ、眉間に右手の人差し指をあてながら詠唱すると、机上のカードが輝き始め、そのまま宙に浮かびあがる。

予言師は椅子に座ったまま、宙に浮いているカードを凝視した。

「……残念ながら……アレが、再び姿を現しておるようです……地震は、その予兆のようですな……」

「そ、そんな……」

「マジかぁ……」

予言師の言葉に困惑する姫女王。

公共の場では、いつも丁寧な言葉遣いを心がけている第二王女までもが素の言葉を漏らし、天井を仰ぎ見ている。

「予言師様、厄災魔獣はどの地にて復活しているのでしょうか？　また、厄災魔獣を捕縛するにはどうすれば……」

姫女王の言葉を受けて、再びカードへ視線を向ける予言師。

しかし、徐々にだが、その顔に苦渋の色が浮かんでいき、それが色濃くなっていく。

「……姫女王様。今回の厄災魔獣に関しましては、私の予言力《ちから》では、見通すことが出来ぬようですのぉ……なぜこのように……同じ札が九枚も……魔獣が九体？……いえ、それなら同じカードが九枚出現している説明が……」

予言師は小声でブツブツ呟《つぶや》き、何度も首を左右に振りながらカードを見返す。

しかし、結論が一向に出ないためか眉間にシワを寄せ、大きなため息を漏らす。

しばし思案を巡らせていた予言師は、一度小さく息を吐き出すと、改めて姫女王へ視線を向けた。

「姫女王様……この件ですが、我が師匠に占ってもらうのはいかがでしょうか？」

その言葉に、姫女王は眉間にシワを寄せたのだが、少し慌てた様子で顔を左右に振り、改めて予言師へ視線を向けた。

「予言師様の師匠と言われますと……確か、遙《はる》か昔に召喚された妖精族の勇者様で、勇者の役目を終えられて以降は『星詠賢者《ほしよみ》』を名乗られているという……」

「えぇ、あのお方なら、きっと良き助言をくださるはずです」

「わ、わかりました……では、早速手配を……」

玉座から立ち上がろうとした姫女王を、

「姫女王様、お待ちくださいませ」

予言師が右手で制した。

「星詠賢者様は、隠遁《いんとん》の森と呼ばれている森の奥深くにお住まいで、その地まで足を運んだ者としか会話をなさいません。ここは私が出向き、助言を聞いてまいり……」

予言師の言葉を、

「予言師様、お待ちください」

今度は姫女王が右手で遮った。

「予言師様。その役目、この私に行わせてくださいませ」

「姫女王様御自らですか？」

「はい。この件、クライロード魔法国だけでなく、場合によっては周辺国家にまで甚大な被害がお予言師は、立ち上がると足早に玉座の間を後にしていく。

「……わかりました。では、賢者様宛に紹介状を作らせていただきましょう」

よびかねない案件です。だからこそ……」


予言師が出ていった扉を見つめていた第二王女は、怪訝そうに首をひねっていた。

「えっと……姫女王姉さん……ここは、フリオさんに依頼するんじゃないのかい？　アタシ、星詠賢者なんて、予言師が口にするまで忘れてたんだけど……」

第二王女の言葉に、姫女王は大きなため息を漏らす。

「えぇ……あの星詠賢者様に頼るのは、私としましても少々不本意なのですが……何しろ、あのお方は父上が王であった際に……いえ、あの件は今更蒸し返しても仕方ありませんね……父上も、あの勇者の行動があまりにもアレだったため、あくまでも参考として意見を聞いたわけですし……」

（……あのお方が、金髪の勇者様を勇者として間違いない、ゆえに問題ない……そう進言していなければ……最初からフリオ様の存在を見出《みいだ》してくださっていれば……いえ、今更それを言っても無意味ですわ……あの時、すでにフリオ様は追放された後だったわけですし……）

「と、とにかく、星詠賢者様はともかく、フリオ様の存在を示唆してくださった予言師様の紹介ですし、無下には出来ません……後の事は私に任せてください」

姫女王の言葉に、第二王女は困惑した表情を浮かべる。

「え、あの……アタシが行ってこようか？　外交はアタシの担当なんだしさ」

「いえ、それには及びません……それよりも、私がいない間の公務に関しましては……」

「あぁ、なるほど。前から検討していた、第三王女に経験を積ませようってことね。わかった、アタシはそっちの準備をしておくね。一番直近の公務は……確か、ホウタウの街の……」

考えを巡らせながら、玉座の間を後にする第二王女。

姫女王はその後ろ姿を見送りながら、窓の外へ視線を巡らせる。

窓の外には城壁が広がっているのだが、姫女王はその隙間から少しだけ覗《のぞ》いている、ある建物を見つめていた。

（……あの騎士団寮に……ガリルくんが……）

姫女王は頬を赤く染め、口元を押さえた。

◇？？？◇
未開の地という言葉がしっくりきそうな樹海。

周辺に暮らす人々から隠遁の森と呼ばれている樹海の奥深くに、一軒の小屋があった。

この地にそぐわない、どこか田舎の陽気さを感じさせるその家は、周囲が樹海であることを忘れさせてしまう風情を漂わせている。

そんな小屋の中に、一人の女性の姿があった。

机に座り、窓の外を見上げているその女性は、何度もため息を漏らしている。

「……このクライロード世界に、勇者として召喚されて……今日で何日目だったかしら……いえ、何百日？……何千日？……それすら思い出せなくなっているなんて……我ながら困ったものだわ……とはいえ、私が召喚された時の魔王を封印することに成功して、勇者としての役目を終えて以後、世俗と関わりを経《た》ち、ここ辺境の地で安穏とした生活を望んだ……」

再び大きなため息を漏らす女性。

「……召喚の加護で、類《たぐ》い希《まれ》な魔法の才をもらったもんだから、先の未来を見通せた。だから、ちょっと格好つけて『星詠《ほしよみ》勇者』なんて名乗ったまではよかったのだけど……」

前髪をかきわけると、その額には小さな宝珠が存在していた。

「勇者の役目を終えた私は、星詠《ほしよみ》賢者と名を変えてこの地に移り住んだ……だって……格好いいじゃない……辺境に隠遁していたかつての勇者が、新たに蘇《よみがえ》った勇者に請われて再び戦いに出向き、力を示してクライロード王や魔法国の人々に賞賛されて……そんな未来が、あの時は見えていたのに……」

再び大きなため息を漏らす女性——星詠賢者。

ドン！っと、机を叩くと、机上に置かれていたカップが一瞬宙に舞った。

「あの金髪の勇者よ！……私の力では、この金髪の勇者がどこまでの力を持っているのかまでは見通せないけど……でも、この勇者がこの世界に召喚された啓示を受け取って以降、魔法国はおろか周辺国家からすら人がこなくなってしまって……弟子志望の魔導士も、以前はそれなりにいたというのに、この金髪の勇者が現れて以降、全然だし……あぁ、もう、暇で暇で仕方ないったらありゃしないわ！」

（……この金髪の勇者……仲間に恵まれているのかしら……隣に、大きな力を持った人種族の存在を感じるんだけど……まさか、勇者と同時に、勇者よりも強大な力を持った人種族が召喚されていたとか……いえ、そんな馬鹿な話、あるわけないわ。そんな人種族が本当に召喚されていたのなら、当然この人種族が勇者になっていたはずだし……この人種族を勇者にしない馬鹿な王がいるはずがないし……）

星詠賢者は自虐的に笑い、カップの飲み物を一気に飲み干した。

「……あの金髪の男……確かに勇者の資質を持っていたのは間違いないんだけどなぁ……」

◇ホウタウの街・フリース山◇

フリオ家の前には放牧場がある。

その先には、広大なブロッサムの農園が広がっており、さらにその先には、フリース山と名付けられた小山が鎮座している。

この、小山、以前はまったく別のところにあり、鬼族であるウーラが難民となった魔族達を集めて、ひっそりと村をつくっていたのだがフリオの転移魔法でこの位置へ転移し、フリオ達と共同生活を送っていたのであった。

そんなフリース山の麓から、小山を見上げている女の姿があった。

「……っていうかぁ……この小山のせいで、私の秘蔵のお酒達が押しつぶされちゃったのよねぇ」

腕組みし、頬をぷぅっと膨らませているその女――テルビレスである。

――テルビレス。

元神界の女神。女神の仕事をさぼっていたため神界を追放されている。

今は、ホクホクトンの家に勝手に居候し、ブロッサム農園の手伝いをしているのだが、酒好きと生来の怠け者気質のせいでホクホクトンに怒鳴られる日々を送っている……。

「しかもぉ、こっそり買ってきて隠してもホクホクトンにすぐ見つかっちゃうしぃ……ひどい話よねぇ。ちゃんと農場で働いてもらったお給金で買っているのにぃ」

「何言ってやがる、この駄女神が！」

テルビレスの後方から、駆け寄ってきたゴブリンのホクホクトンが、手のハリセンボンでスパーンと叩いた。

――ホクホクトン。

元魔王軍配下の兵士だったゴブリン。

今は、ブロッサム農園の使用人として連日農作業に精を出している。

神界を追放された駄女神様ことテルビレスに勝手に居候されて……。

「いったぁ……って、なんなのよ、もう！　ナニーワの街で買ってきたっていう、そのハリセンボンとかいうもので、気軽に叩きすぎよ！　バカになったらどうしてくれるの！」

「うるせぇ！　もともとさぼることしか考えてねぇ駄女神のくせに、何を偉そうなことを言ってやがる！　それよりも、こんなとこでさぼってねぇで、早く農作業に戻らねぇか！」

「もう！　今戻ろうと思っていたのにぃ！　そんな事言われたから戻る気なくなりましたぁ！」

「あ、てめぇ！　何言ってやがる！」

「悪いのはホクホクトンですぅ！　私は悪くないですぅ！」

「ぐぬぬぬ」

「ふぬぬぬぅ」

テルビレスとホクホクトンは互いに顔を突き合わせながら、子供じみた言い合いを続けている。

そんな二人の様子を、少し離れた場所からマウンティが呆《あき》れた表情を浮かべながら見つめていた。


——マウンティ。

魔族のゴブリンにして元魔王軍の兵士。

仲間だったホクホクトンとともにブロッサムの農場で住み込みで働いている。

同族の妻を持ち子だくさん一家の主でもある。

「まったく……テルビレスを探しに行ったと思いきや、こんなところで痴話喧嘩《げんか》なぞしおって」

「痴話喧嘩じゃないでござる！」

「痴話喧嘩なんかじゃありませぇん！」

マウンティの言葉に、二人は同時に返事をした。

◇フリース雑貨店◇

フリース雑貨店の扉が開いた。

「いらっしゃいませぇ」

それを受けて、一人の女の子が満面の笑みで挨拶をした。

その女の子――スノーリトルである。


――スノーリトル。

ガリルの同級生だった女の子。

稀少種族である御伽《おとぎ》族の女の子で召喚魔法を得意にしている。

サリーナ同様ガリルにほのかな恋心を抱いており、ホウタウ魔法学校を卒業後、フリース雑貨店に就職している。


満面の笑みを浮かべながら、来店したお客の対応をこなしているスノーリトル。

そんなスノーリトルの様子を、カルシームが満足そうに頷きながら見つめていた。

――カルシーム。

元魔王代行を務めていたこともある骨人間族《スケルトン》にしてチャルンの夫。

一度消滅したもののフリオのおかげで再生し、今はフリオ宅に居候し、時折フリース雑貨店の店長代理を務める事もある。

入り口の隣に新設されたばかりのカフェテラス――カルチャ飲物店。

カルシームはその入り口あたりで接客をしていた。

いつもの黒いローブではなく、白を基調としたローブを身にまとい、腰にはエプロンをつけていた。

「うむうむ、このフリース雑貨店も順調に成長しておるからのぉ。ワシも老骨に鞭打《むちう》って頑張らねば」

「あら、カルシーム様」

そこに、チャルンが歩み寄った。

――チャルン。

かつて魔王軍の魔導士によって生成された魔人形にしてカルシームの妻。

破棄されそうになっていたところをカルシームに救われて以後カルシームと行動を共にしており、

今はカルシームと一緒にフリオ家に居候している。

「カルシーム様はフリオ様のおかげで若返っておられるのですから、老骨に鞭打つというのは少々意味合いが違うでありんせんか？」

チャルンは注文を受けたお茶を煎れながら、カルシームに笑顔を向ける。

「ふむ……言われてみれば、それもそうじゃの。これは一本とられたわい」

顎の骨をカタカタいわせながら、楽しそうに笑うカルシーム。

そんなカルシームの元に、一人の少女が駆け寄ってくる。

「パパ！」

「おぉ、ラビッツちゃん。よく来た……グフッ」

振り返ったカルシームの頭上に、女の子が抱きついた。

カルシームとチャルンの娘、ラビッツである。

——ラビッツ。

カルシームとチャルンの娘。

骨人間族《スケルトン》と魔人形の娘という非常に稀少な存在。

カルシームの頭上にのっかるのが大好きで、いつもニコニコしている。

もうじきホウタウ魔法学校に通い始める予定。

ラビッツは幼い頃から背が高く、大柄だったため、小柄なカルシームとチャルンと並ぶと、親子には見えなかった。

父親であるカルシームの事が大好きなラビッツは、カルシームの頭の上にのっかる事が大好きで、起きている間はカルシームの頭上が定位置になっていた。

そして……亜人種族のため成長の早いラビッツは、幼少の頃の大柄だった姿から背が高いまま、出るところが非常に出ており、引っ込むべきところはしっかり引っ込んでいるプロポーションに成長しており、相変わらずカルシームの頭上が定位置となっているのだった。


「パパお疲れ様。お手伝いに来たよ」

ラビッツはカルシームの頭に頬ずりしながら笑みを浮かべる。

「うむうむ、お手伝いはありがたいのじゃが……」

頭上のラビッツへ視線を向けようとするカルシーム。

スカートだったら見えてはいけない部分が見えてしまう格好のまま、ラビッツはカルシームの眼前に自らの顔を突き出した。

（……うむ、お手伝いといっても、いつもワシの頭上でニコニコしているだけなのじゃが……）

カルシームが周囲に視線を向けると、

「あはは、あの女の子可愛いなぁ」

「なんだかほっこりするわね」

客席に座っているお客達は、カルシームの頭上のラビッツの姿を見ながら、一様にほっこりした笑みを浮かべていた。

（……うむうむ、お客様を笑顔にしてくれておるのじゃし、それはそれでありかもしれぬな……確か、こういうのを……）

「……看板娘とか言うのかの？」

「あい！　ラビッツ、看板娘！」

「うむうむ、そうじゃの。ラビッツちゃんはこの店の看板娘じゃな」

笑みを浮かべるラビッツの様子に、カルシームも楽しそうに顎の骨をカタカタ鳴らした。


その横を、グレアニールが通り過ぎていく。


――グレアニール。

元魔王軍諜《ちょう》報《ほう》部隊「静かなる耳」のメンバー。

現在はフリース雑貨店の人事担当責任者を務めており、後輩の指導と同時に忙しい部門の手伝いを行っている。

開店して間もないカルチャだが、連日満員の盛況ぶりを見せている。

先日雇用したスノーリトルが召喚した小人達を駆使して接客をこなしているものの、それでもまったく手が足りていない。

そのため、人事担当のグレアニールも急遽《きゅうきょ》ヘルプに入っていたのである。

（……まさか、カルチャがこんなに盛況になるなんて……そうとわかっていれば、もっと人員を雇用しておいたでござるのに……）

グレアニールは内心困惑しながらも、接客中のため笑顔を絶やさず接客を続けている。

元諜報部隊の隊員であり現在もフリース雑貨店の仕事と並行して諜報活動を続けているグレアニールは、普段は黒を基調としたマントで体を覆っている。しかし、今のグレアニールは飲物店の店員として、白を基調とした半袖のシャツの裾を結んだヘソ出しルックに、ホットパンツという健康美を前面に押し出したユニフォームに身を包んでいた。

（……し、しかし……この、カルチャのユニフォーム……なんでこんなに露出が多いでござるか……せ、拙者のこのような姿など、誰も望んでおらぬであろうに……）

頰を赤く染めながらも、せめてもの照れ隠しとして首に巻いているマフラーで顔を覆っていた。

諜報任務で鍛えていた俊足を活《い》かし、テーブルからテーブルへ、目にも留まらぬ速さで移動している彼女の姿を、少し離れた場所から見つめている一人の男の姿があった。

大柄な体を、柱の陰に隠そうとしているその男――ダクホーストである。

――ダクホースト。

元魔王軍四天王スレイプの部下だった魔馬。

現在はフリース雑貨店の輸送関連部門の責任者となっており、仕事の合間にはフリース魔獣レース場のレースにも参加している。


（……ぐ、グレアニールが……あ、あんな格好で……い、いつもの姿も美しいが、こ、この姿もまたなんというか……すごく、すごいじゃないか……）

高速で移動し続けているグレアニールの姿を、ダクホーストは魔王軍時代に鍛えあげている動体視力を駆使し、がっつり見つめ続けていた。


能力の無駄遣い、ここに極まれりである。


店内から見つめたのでは、諜報能力に長けているグレアニールにばれてしまうと考えたダクホーストは、雑貨店のすぐ外にある柱の陰から店内の様子を見つめていた。

フリース雑貨店の入り口の隣に新設されているカルチャ飲物店はオール鏡張りになっており、街道から店内の様子がよく見えるようになっている。

通常であれば、ただでさえ目立つ店舗の近くから店内の様子を観察していれば目立つことこの上ない……しかし、気配隠蔽スキルを駆使しているため、大柄なダクホーストが不自然な格好で柱の陰に隠れているというのに、周囲の人々はその存在にすら気づけずにいた。

まさに、能力の無駄遣い、ここに極まれりである。


そんなダクホーストの足元がボコッと盛り上がった。

「お、おい、なんだあれは……」

「ま、まさか、魔獣!?」

その存在に気づいた周囲の人々が、驚愕《きょうがく》の声をあげ、その場から逃げ惑い始める。

その言葉通り、地面の中から出現したのは蛇の魔獣だった。

気配隠蔽スキルを使用しているためダクホーストの存在に気づいている人こそ少ないものの、魔獣の存在には周囲のほぼすべての人々が気づいていた。

蛇の魔獣がその姿を地上に現すと、ダクホーストの体を柱代わりにするかのように昇り、その顔を体で覆い尽くしていく。

「邪魔だ」

そう言うが早いか、蛇の魔獣の首ねっこを摑んだダクホーストは、その体を思いっきり地面に叩き付けた。

周囲にすさまじい轟音が響き渡り、蛇の魔獣の体は地面の中にめり込んだ。

その体はピクリとも動かない。

そのすさまじい轟音のせいで、ダクホーストの存在が周囲にいた人々に認識されていく。

それは、店内で働いているグレアニールも例外ではなく、グレアニールとダクホーストの視線が完全にかち合い、互いに見つめ合う格好になっていることを、双方が認識していた。

「だ……だ、ダクホースト殿……そ、そんなところで、一体……何をしているので、ござるか？」

ダクホーストの存在をいきなり認識することとなったグレアニールは、首に巻いているマフラーで、体の露出部分を隠そうとしていた。

一方、

「い、いや、違うんだ、これは……え、えっと……」

いきなり周囲の人々に認識されてしまったダクホーストは、どうにかしてこの場を切り抜けようと必死になって言い訳を考えていた。


フリース雑貨店の前は、しばらくの問騒然となっていた。

◇ホウタウの街・フリオ宅◇
その夜……

夕食が終わったフリオ家のリビングにフリオの姿があった。

「今朝から、あちこちで蛇の魔獣が捕縛されているんだけど……」

腕組みしているフリオの眼前、リビングの机の上に数匹の蛇の魔獣がおかれていた。

縮小した状態で魔法捕縛箱に収納されている魔獣達は、実際よりもかなり小さく見えている。

「一体は、ゴザルさんがホウタウ魔法学校で。

一体は、ダクホーストさんがフリース雑貨店の店の前で。

そして、もう一体は、僕とリースが、今朝、近くの森の中で共狩り中に捕縛したんだけど……」

「うむ……?」

フリオの説明を聞いたゴザルが、腕組みをしたまま首をひねった。

「フリオ殿よ……貴殿の説明では三体の魔獣を捕縛したとのことだが、ここには二体しか死骸がないようだが?」

ゴザルの言葉に、苦笑するフリオ。

「え、っと……その一体なんですけど……」

隣のリースも、フリオ同様に苦笑している。

「いえね……旦那様も私も、朝から忙しかったものですから、後で処置しようと思って魔獣捕縛箱に収納した状態で、台所においておいたのですが……」

そこで、エリナーザが右手を挙げた。

「……すいません……私が処理してしまいました……てっきりパパが素材を捕縛してきてくれたと思い、すでに処理を終えてます」

「ふむ……そういうことなら、まぁ仕方ないな」

エリナーザの言葉にゴザルは納得したように頷くと、改めて机上の魔獣へ視線を向けた。

そんなゴザルへフリオはちらりと視線を向ける。

（……さすがはゴザルさんだな、貴重な証拠を勝手に処分したとなると、責任追及されても文句が言えないと思うんだけど、こういうときのゴザルさんはいつも、

『やってしまった事をあれこれ蒸し返しても仕方あるまい。大事なのはこれからどうするか』

そんな態度を取られているし……）

フリオがそんな事を考えていると、ゴザルは、

「やってしまった事をあれこれ蒸し返しても仕方あるまい。大事なのはこれからどうするかだからな」

そう口にすると、蛇の魔獣へ向かって右手を伸ばす。

（……やっぱり）

フリオは思わず笑いそうになるのをこらえ、自らも蛇の魔獣へ視線を向ける。

「この魔獣ですけど、正式な名前が『ヒュドラナ』と言われているみたいで、厄災魔獣に分類されるみたいですね」

フリオの言葉を聞いたヒヤは首をひねった。

「……はて……そのような名前の魔獣、聞いたことがございませんね」

「うむ……私もはじめて聞く名前だな」

ヒヤの言葉に、ゴザルも頷く。

「そもそも、私の索敵魔法でも名前すらわからぬからな」

ゴザルの眼前には、魔獣を索敵した結果がウインドウ状態で表示されているのだが、その中には、

『名称：不明
種族：不明
…………』

全長・体重といったデータ以外、ほとんどの項目が『不明』と表示されていた。

その隣で、フリオが蛇の魔獣に対して検索魔法を使用すると、表示されたウインドウの中には、

『名称：ヒュドラナ
種族：厄災魔獣（九頭蛇《ナインヘッドスネーク》）
…………』

『不明』の項目も多いものの、魔獣の名称と種族名が表記されていた。

「ふむ、これはなかなか興味深い事象ですね」

ヒヤが興味津々といった様子で、フリオとゴザルのウインドウを見比べる。

「私の検索結果は、パパと同じなのよね」

フリオの隣で、エリナーザも魔獣に向かって右手を伸ばす。

その眼前に表示されたウインドウの内容は、フリオの前に表示されているものとまったく同じ内容だった。

「ふむ……この魔獣の正体についてはまったくわからないわけだが……この名前から察するに、九つの頭を持っていると考えるべきだろう」

腕組みし、机上の魔獣を見つめるゴザル。

「ですが、今、捕縛している魔獣達は、全て頭が一つですよね」

「うむ……これは、あくまでも仮説でしかないのだが……ひょっとしたら、この魔獣達は、本来、九匹で一体なのかもしれない、と思ってな」

「なるほど……それはありえる話でございますね」

ゴザルの言葉にヒヤも頷く。

「って、ことは……この魔獣があと六体出現する可能性がある、ってことですか？」

「フリオ殿、あくまでもこれは仮説の話だ……しかし、この魔獣だが、牙に猛毒を有しているし、身体能力もかなりのものだ。今日出現した三匹は、フリオ殿や私、ダクホーストといった強者《つわもの》がいる場所に出現したからよかったものの、万が一、非力な者しかいない村に出現してしまうと、対処が難しいと思う」

腕組みしたゴザルが考えを巡らせる。

そんなゴザルの背中を、リースがグリグリとつつく。

「聞き捨てなりませんわね……旦那様の名前を口にしておきながら、一緒にいた私の名前が出てこないのはどういうことなのかしら？」

「いや、気にするな。他意は無い」

「本当にぃ？」

リースが眉間にシワを寄せながら、ゴザルの顔を睨《にら》み付けた。

ゴザルは、そんなリースを相手にすることなくフリオへ視線を向ける。

「それよりも、だ」

ゴザルの言葉にフリオが頷く。

「そうですね、定期魔導船に高性能な魔獣探知機を設置して、各地の警備体制を強化しましょう。あと、荷馬車隊のみんなにもこの件を共有して……」

「そうだな。杞憂《きゆう》に終わればそれでいいのだが、打てる手は打っておこう」

リビングに集まっている面々は、そんな会話を交わしていった。

◇翌日・魔王城・玉座の間◇

この日、魔王ドクソンの姿は玉座の間にあった。

玉座の前、階段状になっている場所に腰を下ろしている魔王ドクソン。

ドクソンは、かつて自分が暴走したせいで魔王軍を壊滅寸前の状態に追い込んでしまったことを自戒し、

『俺はまだ、玉座に座る資格はねぇ』

と言い続け、玉座の前に座すのが当たり前になっていた。


――ドクソン。

元魔王ゴウルの弟であり、現魔王。

かつてはユイガードと名乗り唯我独尊な態度をとっていたが、改名し名君の道を歩み始めている。


この日も、いつものように玉座の前に座している魔王ドクソンは、一通の書状に目を通していた。

「ふむ、クライロード魔法国《あっち》で何か起こっているみたいだな」

書状を読み終えた魔王ドクソンは、それを側近のフフンへ手渡した。


――フフン。

ドクソンに即位前から付き従っている側近のサキュバス。

一見知性派だが、かなりのうっかりさんであり、真正のドM。


手紙を受け取り、右手の人差し指で伊達眼鏡をクイッと押し上げるフフン。

しばし内容に目を通していたフフンは、

「なるほど……正体不明の魔獣が出現しているとのことですか」

「あぁ。だが、この魔獣だが、体内に魔素がないそうだな」

「不思議な話ですね……この世界の魔獣であれば、魔素を有していて当然だと思うのですが……」

魔王ドクソンの言葉に、フフンは右手の人差し指で伊達眼鏡をクイッと押し上げ、首をひねる。

そこに、

「僭越ながら、意見具申よろしいでしょうか？」

側に控えていたザンジバルが魔王ドクソンの前に歩み出た。


――ザンジバル。

悪魔人族の貴族であり現四天王の一人。

かつて魔王ユイガードの横暴さに対して反乱を起こしたものの、鎮圧された。以降、その心意気と行動力、貴族として培ってきた知識を買われて四天王に抜擢《ばってき》された。


「あぁ、ザンジバルか。何か気づいたのか？」

「はい、その魔獣ですが、魔素を有していないとのこと……それはつまり、魔素のある地には、やってこないと考えることも出来ませんか？」

「ふむ、なるほど……つまりあれか、この魔獣は魔王領《こっち》にはこないだろうって事か」

「一応警戒はすべきでしょうが、その可能性が高いとみるべきでしょう」

「なるほど、わかった。フフンよ早速警備兵の……」

魔王ドクソンが言いかけたのを、

「魔王様、お待ちください」

ザンジバルが制した。

「どうしたザンジバルよ、何かあるのか?」

「いえ、警備兵の件ですが、私の部隊の者達にさせていただきたく思うのですが」

「あ? お前の部隊にか?」

「はい、ぜひとも……」

魔王ドクソンに対し恭しく一礼するザンジバル。

そんなザンジバルの様子を、一瞥《いちべつ》した魔王ドクソンは、

「わかった。任せる」

そう言うと、ゆっくりと立ち上がった。

「ありがたきお言葉。では早速手配をいたします」

「あぁ、よろしく頼む」

そう言うと、魔王ドクソンは自室へ続く扉へ向かった。

その足音を聞きながら、ザンジバルは頭を垂れる。

(……以前の魔王ドクソン様であれば、私の謀反を疑い、役目を与えようなど考えもしなかったでしょう。しかし、今の魔王ドクソン様は、一度『任せる』とお決めになると、全てを任せてくださる……やはり、この方に降伏し、付き従ったのは間違いではなかった)

その顔に、満足そうな表情を浮かべる。

その時、魔王ドクソンが足を止めた。

「あぁ、それと、コケシュッティよ、お前ぇにも頼みがある」

「は、はいです!?　な、なんでございますですです!?」

いきなり名前を呼ばれたため、コケシュッティは声を上ずらせた。


——コケシュッティ。

幼女型狂科学者《ロリータタイプマッドサイエンティスト》にして現魔王軍四天王の一人。

多くの魔族を自らの治癒魔法で救ったことを現魔王ドクソンに評価され四天王に抜擢されたが、本人はのんきで内気な女の子のため風格はまったくない。


「この手紙には、魔獣の毒素の分析結果も同封されてるんだが、それを基にした魔族用の解毒剤の生成を頼まれてはくれねぇか?」

そう言うと、手紙の一枚をコケシュッティに向かって差し出した。

「はははいですです!　お任せくださいですです!」

コケシュッティは慌てふためきながら魔王ドクソンの元に駆け寄ると、その手紙を恭しく一礼しながら受け取った。

「すまねぇが、頼んだぞ」

「はいですです！」

魔王ドクソンの言葉に、ペコペコと頭を下げまくる。

そんなコケシュッティの様子に満足そうに頷くと、魔王ドクソンは玉座の間を後にした。

（……俺ぁ、お前ぇの足元に、少しでも届いたかよ、兄貴……）

右手に残っている手紙へ視線を向ける魔王ドクソン。

差出人には、

『ホウタウの街の住人　ゴザル』

と書かれていた。

◇とある裏街道◇

夜……

森の奥にある裏街道を、一台の荷馬車が走っている。

ただ、その荷馬車はすさまじい速度で街道を爆走していた。

街道といっても、新しい街道が整備されたため最近では使用されなくなった、いわゆる裏街道。

「も、もっと早く走らぬか！」

操馬台で手綱を握っているのは、闇王だった。

——闇王。

元クライロード魔法国の国王であり姫女王の父。

悪事がばれ、国を追放された後、王在位時から裏で行っていた闇商売に活路を見出し闇王を名乗っている。


服装には常に気を使っている闇王だが、衣類が乱れるのもお構いなしとばかりに操馬台で半立ちになり、必死に手綱を操る。

片手の鞭《むち》を振るい、荷馬車を引っ張っている魔獣を叩く。

「痛っ！　ちょっと何するコン！」

その声を発したのは、金角狐《きんつのぎつね》だった。


——金角狐《きんつの》。

元魔王軍の有力魔族であった魔狐族の当主姉妹の姉で金色を好む。

魔狐族崩壊後、闇商売で協力関係にあった闇王と手を組み行動を共にしている。


魔獣形態に変化している金角狐《きんつの》は、自らのお尻を鞭で叩いてきた闇王を、肩越しに睨み付けた。

「ちょっと闇王！　金角狐《きんつの》姉さんを鞭で叩くなんて、何考えてるココン！」

金角狐《きんつの》と併走しながら荷馬車を引っ張っている銀角狐《ぎんつの》もまた、闇王を睨み付ける。

――銀角狐《ぎんつの》。

元魔王軍の有力魔族であった魔狐族の当主姉妹の妹で銀色を好む。

魔狐族崩壊後、闇商売で協力関係にあった闇王と手を組み行動を共にしている。

魔獣化している二人から睨み付けられ、闇王は若干ひるんだ。

しかし、すぐに体を前に向けると、

「とにかくじゃ、この財宝を今夜中にアジトに届けねば、ワシら闇商会は大口の取引相手を失ってしまうのじゃ。それだけはどうしても避けねばならぬ！」

「だから、そんな事はわかってるコン！」

「なんでこんな日に限って、あんなヤツが出てくるココン！　そんなの聞いてないココン！」

銀角狐《ぎんつの》が悲鳴にも似た声をあげる。

それを合図とばかりに、荷馬車の後方の地面の中から蛇の魔獣が出現する。

「や、やっぱりまだいたコン！」

「ほんっとしつこいココン！」

互いに、額に汗をにじませながら、必死に走る魔狐姉妹。

その後方から、荷馬車に巨大な蛇が肉薄する。

荷馬車に接近すると、

シャアアアアアア！


大きく口を開け、操馬台の闇王に向かって首を伸ばす。

その口からは毒薬混じりの唾液がまき散らされ、闇王の近くの木を溶かした。

「ひぃ!?」

その光景に、闇王は思わず悲鳴をあげ、背筋を冷たくする。

蛇の魔獣が、口を閉じる度に、荷馬車の後部が砕け散り、荷物が周囲に散らばっていく。

「く、くそう……せっかく回収してきた財宝が……急げ金角狐《きんつの》！　銀角狐《ぎんつの》！　早くあの魔獣から逃げるのじゃ！」

「んなこと言われても、こっちだって全力で走ってるコン！」

「魔馬じゃあ追いつかれるからって、アタシ達をこき使ってるくせに、文句言うなココン！」

激しく言い合う魔狐姉妹と闇王。

その後方から、蛇の魔獣が執拗《しつよう》に一同が乗っている荷馬車に襲いかかる。

すでに、荷馬車の荷物の半分以上が落下していた。

月夜の中、それでも荷馬車は裏街道を進み続けていた。

◇ホウタウの街・フリース魔獣レース場◇

今日もフリース魔獣レース場は多くのお客でごった返していた。

そんな会場の一角で、二人の男達《たち》が会話を交わしていた。

「いやぁ、今日もレース場《ここ》は賑《にぎ》わっているなぁ」

「なぁ、知っているか？　このあたりって、昔は建物ひとつもない平原だったらしいぜ」

「そうなのか？　今の状況を見たら信じられないな……」

「あぁ、なんでも、フリオさんがこの地に引っ越してからがらっと変わったらしいぜ」

「ってことは……」

男の一人が周囲を見回していく。

その頭上を、ちょうど到着した定期魔導船が通過していく。

それを右手の人差し指で指す男。

「あの定期魔導船も……そのフリオさんって人が……」

「あぁ、そのフリオさんが整備したって聞いているぞ」

「あの魔導船って、クライロード魔法国の南端にあるカルゴーシ海岸や、北方の果てのオルドワース地方、それに国内だけにとどまらず、周辺国家のインドル国や日出《ひいずるくに》国の便まであるって話だよな」

「でも……」

右手の人差し指と親指をくっつけてお金の印をつくり、眉間にシワを寄せた。

「……お高いんでしょう？」

「それが、そうでもないんだ……何しろ、カルゴーシ海岸まで行くのに、お茶一杯分くらいのお代で、しかもそのお茶を飲み終えた頃には到着しているっていうんだぜ」

「な、なんだって!?　……クライロード魔法国からカルゴーシ海岸っていえば、荷馬車で、高級料理店の最上級料理を一週間食べ続けられるほどの金がかかるうえに、到着まで二月《ふたつき》はかかるっていうのに……」

二人がそんな会話を交わしている中、会場内に設置されている魔導拡声器からファンファーレの音が響いていく。

「お、いよいよ今日のメインレースか？」

「みたいだな。さぁ、しっかり楽しませてもらうとするか」

二人は、場内に向かって座り直した。

会場内は、先ほどのファンファーレで、この日最大の盛り上がり具合となっている。

『それでは、ただいまより本日のメインレースを行うでありんす』

それに続き、今日のメインレースの開催を告げるアナウンスが会場内に響く。

ちなみに、アナウンス担当はチャルンであり、今ではすっかりフリース魔獣レース場の名物になっていた。

最近は、フリース雑貨店の入り口の隣にオープンしたカルチャ飲物店の営業も担当しているチャルン。

ある意味、現在のフリオ家の中で一番忙しい存在といえなくもなかった。

『本日のメインレースは、クライロード魔法国杯として開催されるでありんす。試合開始の号砲は、クライロード魔法国の第三王女様にお願いするでありんすえ』

すでに、出走する魔獣達が準備万端で控えているゲート。

その隣に、第三王女を乗せた昇降台がゆっくりとせりあがっていく。

その台の上に、第三王女の姿があった。


――第三王女。

姫女王の二番目の妹で、本名はスワン・クライロード。

姫女王の片腕として、貴族学校を卒業して間もないながらも主に内政面を任されている。

姫女王の事をこよなく愛しているシスコンでもある。

公務用の、薄い青を基調としているドレスを身に纏《まと》った第三王女は、右手に号砲用の魔法銃を抱えながら笑顔で昇降台に乗っていた。

そんな第三王女の様子を、来賓席から見つめている第二王女の姿があった。

「……なんか緊張してるみたいだけど……まぁ、スワンがこういった公務をするのって初めてだもんね。でも、スワンも王族の一人なんだし、今回みたいに姫女王姉さんが不在の時に公務に対応できるように慣れていってもらわないとね」

苦笑しながら、緊張している第三王女の様子を見守っていた。

はじめて開催されるクライロード魔法国杯ということもあり、出走する魔馬達がおさまっているゲートには、不動のエースとして君臨しているスレイプを筆頭に、現在のフリース魔獣レース場のトップクラスの面々が顔を揃《そろ》えていた。

この魔獣レース……
出走出来るのは、魔獣化出来る亜人か、騎手が騎乗した魔獣のみとなっている。
基本的に重量でクラス分けされており、
亜人は、魔獣化した際の重量。
騎手は、騎乗した状態での重量。

それぞれの重量を基準としている。

亜人は、人型・獣型だけでなく半人半獣型を加えた三形態に変化することが出来る種族もいるのだが、その場合は実際にレースで走る形態で計量を行い、その形態でレースを走る事になる。レース中に別形態に変化した場合は違反となって失格扱いで順位除外になる。


そんなルールの中、今日のスレイプは半人半馬姿でゲートに入っていた。一枠一番である。

「うむ、今日も気合いを入れて走るとしよう……」

一度大きく息を吐き出すと、その口元に不敵な笑みを浮かべる。

「ふふ、不思議なものよな。戦場にて、血で血を洗う死闘を繰り広げていたあの頃より、血沸き肉躍っているとは」

上半身を気合いで上気させながら、スレイプが気合いのこもった視線で前方を見つめた。

「意気高揚されているところ、申し訳ありませんが……」

そんなスレイプに、その隣、一枠二番にゲートインしているストレアナが声をかける。


──ストレアナ。

ナニーワの街の魔獣レース場で敵無しだった女性魔獣騎手。

スレイプに完膚なきまでに敗北したのをきっかけに、フリース魔獣レース場に転戦した。

魔獣医学にも精通しており、クライロード城の騎馬のケアを担当していた時期もある。

「今日のこの晴れの舞台にて、貴方《あなた》は人生初の敗北を喫することになるでしょう……もちろん、この私の手によって、です」

ストレアナもまた口元に不敵な笑みを浮かべ、前髪をかきあげた。

そんなストレアナに対し、スレイプは、

「うむ、ワシとていつまでも無敵とはいくまい……しかし、それは今日ではない」

「ふ……思い通りになりますかしら」

「あぁ、確かに……勝負は時の運とも言うからのう」

二人は互いに視線を交わすと、その視線を眼前のコースへ向け直す。

そんなやり取りをしているスレイプとストレアナをはじめとしたゲート内の一軍が、出走を今や遅しと待ち構えていた。

◇◇◇

そんなゲートの様子を、リスレイは観客席から見つめていた。

「あ～……私も、出走したかったなぁ……今度こそパパに勝ちたかったのに」

頬をプゥッと膨らませながら大きく伸びをする。

そんなリスレイの隣で、蜥蜴《とかげ》族のレプターが苦笑しながらその様子を見つめていた。

「確かに最近のリスレイは調子いいけどさ、あくまでも新人戦での結果だしなぁ。親父《おやじ》さんに勝つにはまだまだ経験を積まなきゃならないんじゃないかな」

首から大きなゴーグルをぶら下げているレプターは、リスレイの頭をポンポンと叩《たた》く。


――レプター。

ホウタウ魔法学校の卒業生の蜥蜴族の男子。

在学時からリスレイと仲が良いのだが、リスレイの父スレイプに目の敵にされている。


そんなレプターを、リスレイは憤懣《ふんまん》やるかたないといった様子で見上げる。

リスレイも、同年代の女の子達に比べれば長身の部類に入るのだが、蜥蜴族のレプターは同級生の中でも一際背が高く、それは教員を含めたホウタウ魔法学校全体の中でも群を抜いていた。

そんなレプターは最前列の関係者席に立っているため、否応《いやおう》なしに目立っていた。


ちなみに、普段はレプターもレースに参戦しているため、関係者席に入ることを認められている。

「とにもかくにも、今回の記念レースは、親父さんとストレアナさんが抜きん出ているけど、他にも、コーナーを上腕二頭筋でコーナリングする筋肉猿族《マッスルモンキー》のヒトポイさんや、限界まで走って走って更に走っていくブラザナさんとか、そんなビッグネームが一堂に会しているんだ。期待するなっていうのが無理ってもんだよ」

ゲートを見ながら興奮気味なレプター。

リスレイは、そんなレプターの様子を横目で見つめながら、

「……だから、そんなすごい人達と一緒に走って、格好いいとこ見せたかったのに……むぅ」

そんな事を呟《つぶや》くと、プイッとそっぽを向いた。

「え？　今、なんて言ったの、リスレイ？」

「知らない！　それよりも、レースが始まるよ、ほら」

「お、おぅ」

リスレイに促され、レプターは改めてレース場へ視線を向ける。

そんな二人だけでなく、会場中の人々の視線がゲートの方へと注がれていた。

そんな一同を前にして、号砲用の魔法銃を手にしたまま、微動だにしない第三王女。

最初こそ『緊張しているんだな』と、好意的にその様子を見つめていた第二王女……しかし、その時間が長くなるにつれて、その表情の中に焦りの色が浮かんでいく。

それは、ゲートの中でスタンバイしている面々も同じようで、

「……おいおい、どうしたんじゃ？」

「なんだかおかしいですねぇ」

「早くしてくれないと、俺の筋肉が待ちきれないぜ、ぱぅわぁ！」

ゲートの中からも、困惑した声が漏れ聞こえ始めた。

その声と時を同じくして観客席からも困惑した声が漏れ聞こえ、ざわざわとし始める。

「やばっ、こりゃまずい……理由はわかんないけど、第三王女ってば、完全に固まっちまってる……」

第二王女は、来賓席から血相を変えて立ち上がると、レース場に向かって駆け出していった。

ざわめきの中、号砲台に駆け上がった第二王女は、

『すいませんね。ちょっと第三王女が体調不良みたいで……では、代わりに私が……』

周囲に向かって何度も頭を下げながら、第三王女の手から号砲銃を受け取る。

その間も、第三王女は、固まったまま微動だにしていなかった。

「はい、じゃあ……いちについて……よ～い……」


ドーン！


第三王女を背に、号砲銃を空に向けた第二王女は合図と同時に銃を放つ。

会場中に響く轟音《ごうおん》。

それを合図にゲートの門が開き、走者達が一斉に駆け出した。

最初にトップに立ったのはスレイプ。

巨体ゆえの大きなストライドを活《い》かし、一気にトップへ躍り出る。

そのすぐ後方にストレアナが騎乗している魔馬が続き、この二人が先頭グループを形成していく。


「な、なんだありゃ!?」

「あ、あんなでかい魔獣、どこに潜んでいやがった!?」

「ってか、あれ、蛇の魔獣か!?」

騒然となる観客席。

観客の視線は、突如現れた魔獣に釘付《くぎづ》けになっている。

その視線の先、蛇の魔獣は、先頭集団を形成しているスレイプとストレアナに向かって突進していく。


……しかし。


「えぇい、邪魔じゃ!」

スレイプは、そう言うが早いか右腕で巨大な蛇の顔面を鷲《わし》づかみにし、地面に叩き付けた。


ブゴァ!?

蛇の魔獣が地面に叩き付けられた轟音と、蛇の魔獣の断末魔の鳴き声が混ぜ合わされたような音が会場中に響き渡る。

そのあまりにもすさまじい光景を前に、会場内を一時静寂が覆い尽くした。

そして、その一瞬後……

「す、すげぇ、スレイプさん！」

「いきなり現れた魔獣を一撃で葬りさったぞ、おい！」

「しかも、速度がまったく落ちてないとは……」

そんな賞賛の声が交じった大歓声が会場中に広がっていた。

そんな中、

「ふん、あんな些細《ささい》な出来事など、レースに集中しておれば難なく対処出来るわ！」

後方にはじけ飛んでいった蛇の魔獣の事などお構いなしとばかりに、スレイプはさらに加速していく。

そんなスレイプの様子を、ストレアナは二番手の位置から観察していた。

（……突然現れた魔獣というシチュエーションにもかかわらず、的確に魔獣の急所に一撃を食らわせ、しかも後続である私や他の面々の邪魔にならないように、きっちりとコース外へ蹴り飛ばし……そして、一番驚愕《きょうがく》すべき点は、それだけの事をしておきながら、後続である私との距離をさらに広げている点かしら……）

その口元に笑みを浮かべているものの、額には冷や汗が伝っていた。

「面白い！　それでこそ倒し甲斐《がい》があるというもの！　いくぞウォンバ！」

ストレアナは手綱を引き締め、愛馬である魔馬に気合いを入れる。

そんなストレアナに応えるように、頭を低くしたウォンバが加速した。

しかし、先を進むスレイプとの差はまったく縮まらない。

（……いや……縮まらないどころか……開いて、いる……？）

困惑するストレアナ。

しかし、彼女が感じたとおり、ストレアナとスレイプの差は徐々に開いており、向こう正面を過ぎたあたりで、スレイプが完全に独走状態になっていた。

あまりの独走ぶりに、会場中が騒然となる。

「うわぁ、ちょっとパパ速いってば……っていうか、速すぎじゃない!?　マジ、ぱないって」

関係者席のリスレイも、驚愕と歓喜の入り交じった表情を浮かべ、両手で自らの口元を押さえる。

「確かに、親父さんってば前から速かったけど、今日は特に速くないか!?　いや、マジですごいって……」

隣に立っているレプターも、目を丸くしながら独走を続けているスレイプの走りを凝視している。

（……っていうか……こんな走りをされたんじゃあ、いつか親父さんと良い勝負をして、俺って存在を認めてもらって、リスレイとの関係を認めてもらうっていう、俺の計画が……）

ちなみに、このレプター……

ホウタウ魔法学校に入学したその日にリスレイに一目ぼれしてから常に行動を共にしており、リスレイの母であるビレリーには温かく見守ってもらえているのだが、父であるスレイプの反応は芳しくなかった……


そんな観客達が見守る中、レースはスレイプの圧勝で決着したのであった。

◇◇◇

『では、クライロード魔法国杯を圧勝で飾ったスレイプ殿に、勝利者インタビューをするでありんすえ』

人種族型に変化しているスレイプは、笑みを浮かべながら観客席に向かって右手を振る。

お立ち台の上に立っているスレイプの隣には、魔法拡声器を手にしているチャルンの姿があった。

この勝利者インタビューも、ここフリース魔獣レース場のメインレース後の名物になっているため、この日も大半のお客達が残っており、スレイプに向かって惜しみない拍手を送り続けていた。

そんな表舞台から離れた場所にある貴賓席。

観客席の最上部にある、ここ貴賓席からは会場を一望出来、勝利者インタビューを受けているスレイプの姿をしっかりとみることが出来る。

しかし、室内の第三王女はというと、ソファに座ったままうなだれていた。

そんな第三王女の隣で、第二王女が驚愕の表情を浮かべている。

「魔獣が……怖い……だと……」

眼前の第三王女が、やっとのことで口にした言葉を聞いた第二王女は、身動き出来なくなっていた。

そんな第二王女の前で、第三王女は、レース場から戻ってからずっと微動だにしていなかったが、やっとの思いでその言葉を口にすると、あふれ出そうになる涙を必死にこらえていた。

「……スワン、魔獣って、事典や魔導書でしか見たことがないですのん……特に、あの、優勝した魔馬や、筋骨隆々な魔馬……みんなでっかくて、厳《いか》つくてすっごく怖かったですのん……」

「いやいやいや……」

第二王女の言葉に、第三王女は思わず天井を仰いだ。

「あのさぁ……確かに、今日のレースに出走していた魔馬達にはさ、厳ついのが多かった気がするけどさ、あんたも、馬車に乗ったことあったじゃん？　そん時、馬車を引っぱってる魔獣とか見てるはずでしょ？」

「荷馬車を引いてる馬は……あんなに大きくなかったですわん……事典で、そんな魔獣がいることも知ってはいましたですわん……でも、実際に見ると……見ると……」

第三王女はガタガタと体を震わせながら、自らの両肩を抱きしめる。

そんな第三王女の様子を前にして、第二王女は思わず頭を抱えた。

（……しまったなぁ……第三王女ってば、頭の回転が速くてクライロード城の財政関係の仕事も難なくこなせているから忘れていたけど……この子、学生時代を経てすぐに姫女王姉さんの補佐業務役に就任しているから、アタシや姫女王姉さんのように外部のこと……特に、魔獣っていう存在に慣れてなかったのか）

第二王女は腕組みし、改めて第三王女へ視線を向ける。

その視線の先で、第三王女はいまだに自らの肩を抱きしめたまま、震え続けていた。

そんな第三王女の様子を前にして、思わず眉間にシワを寄せる。

（……ってか、これってまずくない？　今後も姫女王姉さんが不在の際に、第三王女が代行を務めなきゃいけないことだってあるだろうし、それが『魔獣怖い』じゃ、お話にならないっていうか……）

第二王女が思案を巡らせていると、

「……あれ？」

あることに思い当たった。

「あのさ、第三王女」

「な、なんですのん？」

「あんたさ、前にフリオ様の家に行ったことがあったよね？」

「え、えぇ……姫女王お姉様と一緒に何度か出向いたことがありますのん」

「フリオ様の家って、リビングに一角兎《ホーンラビット》とか、狂乱熊《サイコベア》とかいなかった？」

「え、えぇ……いましたわん」

「……それは、どうもなかったわけ？」

「確かに、少々怖くはありましたですけど……フリオ様の家ですと、フリオ家の皆さまが常におられますわん……それに、あの家の魔獣達は人種族によく慣れておりますのん」

第三王女がハンカチを取り出し、思いっきり鼻をかむ。

（……思い出してみれば、フリオ様の家に行った時の第三王女って、常に誰かの後ろに隠れていたような気が……しかし、だからといって、このような状態を放置するわけにもいかないし……何か……何か手は……）

第三王女の様子を見つめながら、右手の人差し指で鼻の下をこすりながら必死に考えを巡らせる。

……そして、

「よ～っし、この手でいこうか、うん！」

何か思いついたらしい第二王女は、いきなり右手の人差し指を天井へ向けると、満面の笑みを第三王女に向けた。

「この手って……どの手ですのん？」

第三王女は言葉の意味がわからず、自分の両手と、第二王女の両手を交互に見つめる。

そんな天然丸出し状態の第三王女の様子に苦笑しながらも、

「少々荒療治だけど、これは第三王女のためでもあるし、ひいては姫女王姉さんのためだしな、うん」

一人納得して大きく頷《うなず》く第二王女だった。

◇クライロード魔法国・北方の森◇

第二王女と第三王女がフリース魔獣レース場の貴賓席で会話を交わしている頃……

姫女王は北へ向かう馬車の中にいた。

予言師を通じて連絡を取った星詠賢者より、

『なるべく目立たぬよう、少人数でお越し頂きたい』

との返信をもらっていた。

それを受けて、騎士団の中でも腕利きの者を護衛として一名同行させ、星詠賢者が暮らしているという隠遁《いんとん》の森を目指す。


姫女王は、クライロード城で身につけているドレス姿ではなく、町娘が身につけるような質素な衣服を身につけている。

（……星詠賢者様のお手紙……クライロード魔法国の姫女王としてでなく、一個人として訪ねてほしいとの意図が読み取れたのですが……妙ですわね……あのお方は、過去の記録では、常にクライロード魔法国の使節としての訪問を要求されておりましたのに……）

姫女王は馬車の窓から外を見つめつつ、考えを巡らせる。

（……いえ、でも、それは大したことではありません）

姫女王は、馬車の前方の窓を開けた。

操馬台に座っている者と連絡を取り合うための窓である。

その窓の向こう、操馬台に座っているのはガリルだった。

ガリルは真剣な表情で手綱を握り、時折周囲へ視線を向けている。

そんなガリルの横顔を、ジッと見つめる。

（……同行する者の条件として、

『姫女王の使節と気取られず、有事に問題なく対処出来る者』

と、依頼をしておりましたけど……まさかガリル君が同行することになるなんて……）

（ガリル君が、成績が良すぎてクライロード学院ではなく、騎士団に入団したのは聞いておりましたけど……ま、まさか今回の任務に抜擢《ばってき》されるなんて……）

ガリルの横顔を見つめている姫女王は、頬を赤く染め、口元を両手で押さえた。

◇同時刻・クライロード城内◇

第二王女は、手元の書類を確認しながら廊下を歩いていた。

その書類には、星詠賢者の元へ向かっている姫女王の件が記載されていた。

同行者の欄を確認すると、第二王女はその口元に笑みを浮かべる。

（……ガリル君をこの任務に就かせるように、裏で手を回しておいたけど、どうやら上手《うま》くいったみたいね……まぁ、クライロード学院の入学試験で、学院最強と言われている騎士を秒で倒しちゃうくらいの実力を示していたから、まず間違いなく選ばれると思っていたけど、騎士団の一部には、いまだに年功序列とか、家の格式とか、そういうのを持ち出して文句を言う輩《やから》がいるから、ちょっと心配してたのよね……）

思惑通りに事が運び、安堵《あんど》のため息を漏らす。

「さて、隠遁の森までは往復三日。その期間、二人きりなんだから……しっかり頼むわよ」

第二王女は窓の外を見つめ、右手をグッと握った。

◇同時刻・道中◇

「……くしゅ」

姫女王が馬車の中、くしゃみをした。

それに気づいたガリルが後方を振り返る。

「姫女お……じゃなかった、エリザベート様、大丈夫ですか？」

お忍びのため、今回の道中は、姫女王の事をエリザベートと呼ぶ事になっている事を思い出し、ガリルは慌てて言い直す。

「あ、はい、大丈夫です……外が少し寒かったかしら」

「では、この窓は閉めておきましょう」

ガリルはそう言って小窓を閉める。

「……あ」

思わず右手を伸ばそうとしたエリザベートだったが、それよりも早く、小窓はあっさりと閉められてしまった。

（……わ、私は、なぜこのタイミングでくしゃみを……）

困惑した表情を浮かべながら、両手で顔を覆った。


操馬台のガリルは、姫女王が後悔しているなど夢にも思っておらず、先ほどまでと変わらぬ様子で、馬車を引く魔馬の様子に気を配っていた。

（……ビレリーさんやスレイプさんにしっかり馬の扱い方を教わっていたから、問題なくこなせそうでよかった）

安堵の表情をその顔に浮かべながら、手綱を持つ手に力を込める。

「……ん？」

その視線が、街道の端へと向けられた。

（……あそこにもある……これで五箇所目かな……）

ガリルの視線の先では、散らばった木片が木にひっかかっていた。

「……あそこって、裏街道のあたりだけど……裏街道で何かあったのかな？」

ガリルが困惑した表情を浮かべる。

すると、ガリルの横に霧が出現し、その中からベンネエが姿を具現化させた。

「我が主《あるじ》、ちょっと見てまいりましょうか？」

「そうだね、お願いしてもいいかなベン姉さん」

「御意」

頷くと、ベンネエは手に長刀《なぎなた》を携えて飛び上がる。

思念体のため、ふわりと浮かび上がったベンネエの姿は、街道に沿って延びている旧街道の方へ消えていった。

しばらくすると、

ドーン！


ベンネエの消えた方角から、大きな音が聞こえてきた。

「……ベン姉さん、何か見つけたのかな？」

腰を浮かせかけたガリルだが、

（……っと、今の僕は、エリーさんの護衛だし、迂闊《うかつ》に動くわけにはいかないな……それに、ベン姉さんに任せておけば、大丈夫だと思うし……）

そう考え、改めて操馬台に腰を下ろす。

その時だった。

爆音がしたあたりから何かの気配が近づいてくるのを感じたガリルは、今度こそ操馬台から立ち上がった。

「……何か、来る?」

視線の先、森の草が揺れている。

草の揺れは高速で移動しており、馬車の方へまっすぐ向かってきていた。

ガリルは静かに身を沈めて身構え、両腕の肘から先だけを魔獣化させる。

グアアアアアア!

草むらの中から飛び出してきたのは、蛇の魔獣。

大柄なその魔獣は大きく口を開け、ガリル一行の馬車に向かって躍りかかる。

その瞬間、ガリルが操馬台から飛び上がった。

すさまじい速度で後方に飛翔《ひしょう》したガリルが地面の上に着地すると、蛇の魔獣の体が宙に舞った。

ガリルの拳を顎の下から受けた蛇の魔獣は、真上に向かって跳ね上げられ、その後地面へと力無く落下していった。

蛇の魔獣が完全に沈黙しているのを肩越しに確認したガリルは、腰の魔法袋を手に取った。

「そういえば、父さんから『蛇の魔獣が複数体出現しているから気を付けて』って思念波が来てたけど、この魔獣もそのうちの一体なのかもしれないな」

蛇の魔獣を魔法袋に収納し終えると、再び飛翔するガリル。

一挙動で、再び操馬台に戻ったガリルは、改めて手綱を手に取った。

蛇の魔獣の出現で魔馬が暴れかけていたものの、ガリルが魔獣を瞬殺して即座に戻った事もあり、

「よしよし、慌てなくて大丈夫だよ」

ガリルが手綱を握ると、すぐに落ち着きを取り戻す。

すると、

「あの、ガリル君、何かありましたか？」

馬車の中から、エリザベートの声が聞こえてきた。

小窓に思い切り顔を近づけているため、エリザベートの目の部分だけが見えている。

そんなエリザベートに、ガリルは、

「いえ、異常ありません」

その顔に、飄々《ひょうひょう》とした笑みを浮かべながら応える。

「そうですか……なら、よかったです」

その言葉に、エリザベートは安堵の表情を浮かべる。

（……ガリルくん……なんだか、フリオ様に似て……）

そんなガリルの横顔に、しばし見入ってしまうエリザベートだった。

◇ホウタウの街・フリオ宅◇

エリザベートとガリルが街道を進んでいる頃……

朝食が終わり、落ち着きを取り戻したフリオ家のリビング。

席を立ち、話をしているフリオの姿がそこにあり、その話を在宅している皆が聞いていた。

「……と、言うわけで、今日からしばらくの間、我が家で一緒に暮らすことになった、スワンさんです」

フリオの言葉を受けて、一歩踏み出した少女――スワンは、緊張した面持ちでみんなを見回し、

「す、スワンですわん。ふ、フリオ家の皆様、しばらくの間よろしくお願いいたしますわん」

深々と頭を下げる。

スワンはクライロード城でいつも身につけているドレス姿ではなく、ボーイッシュなウエスタンスタイルの衣装に身を包んでいた。

変装として、人前では滅多に身につけない大きな丸眼鏡を掛けているため、その容姿からこの人物がクライロード魔法国の第三王女であると認識出来る人は少ないと断言出来た。

「そ、それにしても……この衣装はいかがなものですわん？」

衣装がヘソ出しになっているのが気になるのか、スワンは背中を丸め、おへそのあたりを隠そうとしている。

恥ずかしさからか、頬も赤く染まっていた。

そんなスワンの言葉に、衣装をチョイスしたリースは、

「あら？　何か問題がありまして？」

怪訝《けげん》そうな表情を向ける。

「い、いえ……その……フリース雑貨店様の衣服は、斬新でお洒落《しゃれ》だと、クライロード城下街でも大人気だというのは聞き及んでおりますわん。ですが……その……こういった露出が多い格好は、どうにも慣れないですわん」

「あら、それなら心配ありませんわ」

困惑しているスワンの両肩に、後方からリースが笑顔で両手を置いた。

「慣れないのなら、慣れればいいだけですよ」

「ふぇ？」

リースの言葉が想定外だったのか、スワンはその場で目を丸くして固まる。

そんな二人のやり取りを、フリオは苦笑しながら見つめていた。

学校に行っているフォルミナやゴーロと、二人の朝の特訓に付き添っているゴザル一家、農場仕事に出かけているブロッサムを除いた、フリオ家で暮らしているほぼすべての面々がリビングに集まっており、リースとスワンのやり取りを温かな眼差《まなざ》しで見守っていた。

「はい！」

そんな中、椅子に座っているビレリーが右手を挙げた。

「スワンさんはぁ、魔獣恐怖症を克服したいんですよね？　でしたらぁ、スレイプ様と私が管理している放牧場のお手伝いをしてもらうのはいかがでしょう？」

ビレリーが満面の笑みをスワンに向ける。

「いや、ビレリーよ……」

そんなビレリーの右手を、スレイプが苦笑しながら押しとどめる。

「それなんじゃが……この家に到着した際に、放牧しておった魔馬を数頭見ただけで固まってしまってな……」

「め、面目次第もございませんですわん……」

スレイプの言葉に、スワンは申し訳なさそうな表情を浮かべながら俯《うつむ》いた。

スレイプの言うとおり……

第二王女の発案で、魔獣と共存しているフリオ家に、第三王女ことスワンを居候させ、魔獣恐怖症を克服させようという作戦。

（……これくらい、一日で克服してみせますわん）

気合い満々でフリオ家にやってきたスワンは、フリオ家に入る前に、放牧場で放牧されていた魔馬達へ向かっていこうとしたのだが……魔獣に対する恐怖が先立ち、その場で一刻近く固まってしまっていたのであった。

（……フリース魔獣レース場での失態からこちら……事典の挿絵などで頑張っていたのですけど……やはり実物は全然違いましたのん……こ、こんなことでは、姫女王お姉様のお役にたてませんですわん……）

スワンは俯いたまま、到着した時の失態を思い出していた。

そんな一同の前に、

「ただいまぁ」

玄関からリルナーザが入ってきた。

朝の散歩から帰ってきたばかりらしく、狂乱熊形態《サイコベア》で四《よ》つん這《ば》いになっているサベアの背に乗っている。

その周囲には、一緒に散歩に出向いていたサベア一家の面々も集まっていた。

「お帰りリルナーザ。こちらは、スワンさん。昨日話したと思うけど、今日からしばらく一緒に暮らすことになっているから、仲良くしてあげてね」

「はいパパ、わかりました！」

フリオの言葉に、リルナーザが満面の笑みを浮かべて頷く。

その視線をスワンへ向けると、

「スワンさん、よろしくお願いします！」

スワンに近づくと、帽子を脱ぎ、笑顔で右手を差し出す。

しかし、サベアに騎乗したままのため、リルナーザの右手よりも先に、サベアの顔がスワンの顔に近づいていた。

「んな!?」

いきなりのサベアの出現に、スワンはその場で固まってしまう。

そんなスワンの事などお構いなしとばかりに、

『バホッ』

サベアは、嬉《うれ》しそうに一鳴きすると、

べろん

スワンの顔面を思いっきり舐《な》めた。

サベアの隣には、サベアと姿形が似通っている厄災熊のタベアが並んでおり、

『バホッ』

嬉しそうに一鳴きすると、

べろん

サベアに続いてスワンの顔面を同じく舐める。

スワンの足元には、一角兎《ホーンラビット》のシベアを中心に、その子供達が殺到する。

一見すると、微笑《ほほえ》ましい光景。

しかし……

「……あれ？　スワンさん？」

リルナーザが怪訝そうな表情を浮かべ、スワンの顔をのぞきこむ。

その視線の先で、スワンは立ったまま意識を失っていたのだが、

「……は!?」

どうにか意識を取り戻す。

その直後、

べろん
べろん

右頬をサベアが、左頬をタベアが再び舐めた。

（……い、今、私は……ま、魔獣に……か、顔を舐め……舐め……舐め……）

自分の状況を確認したスワンの顔から血の気がドンドン引いていき、そして……

「………で」

「で？」

ようやく発したスワンの一言に、一同が目を丸くする。

そんな一同の視線の先で、スワンはゆっくりと、そして大きく息を吸い込み……

「っすわあああああああああああああああああああああああああああん」

腹の底から絶叫した。

「はぅあ!?」

そのあまりにも大きな声に、リルナーザは思わず両手で耳を押さえた。

周囲の魔獣達も、リルナーザ同様に耳を押さえ、体を丸くする。

ちなみに、フリオの周囲には防衛系の魔法が常時展開されているため、突然の絶叫を前にしても、涼しい顔を維持出来ていた。

（……これは、前途多難かもしれないな……）

絶叫するスワンを見つめながら、苦笑するフリオだった。

◇同時刻・クライロード城・第三王女の執務室◇

クライロード城の二階の一角に、第三王女の自室がある。

部屋は二室あり、一室は寝室、一室は私室として使用していたのだが……

「ちょっと……私達はこんな部屋で仕事をするの？」

室内を見回しながら、眉間にシワを寄せている三人の女。

学校を卒業してまだ間もないのか、三人とも少女の面影を残している。

そんな三人の後方に立っているのは、第三王女の執務補佐官を務めているシグナスだった。

「えぇ、第三王女様は、ここを執務室として使用なさっておりましたので、第三王女様不在時の代役を任されたお三方には、同じ部屋で作業をしていただこうと思っております」

「そうはいいますけど……」

一歩前に出た女――アルバは、眉間にシワを寄せ、大きなため息を吐き出した。

その横で、もう一人の女――ポトリも、アルバ同様に苦笑しながら室内を見回している。

「壁には小難しそうな本しかないし、作業机はこぢんまりとしたこの机一つだし……一国の内政担当者が、こんなところで作業していただなんて……」

「まぁ、でもさ……」

憤懣やるかたないといった様子のアルバとポトリに、その後方で、机上に置かれている書類を手に取っていた三人目の女――サンサが、眠そうな目をこすりながら不敵な笑みを浮かべる。

「この程度の仕事なら、アタシ一人でもよかったんじゃないかなぁ？」

「まぁ、あのスワン……っと、いくら元同級生でも、第三王女様って言わないといけないわね。その第三王女様が不在の間の執務代理なわけだし、

『いつも三人分のお仕事をしておりますわん！』

ってアピールしときたいんじゃないかしら？」

「なるほど、それはあるかもな」

その言葉に、三人は一斉に笑い出す。

三人の様子を、クールな表情のまま見つめ続けているシグナスは、

「さぁ、無駄話はそこまでにして、早速ですが業務をはじめてください。業務そのものは、先ほども説明しましたとおり、あなた方が普段配属されている総務部のお仕事と大差ありません」

（……といいますか、そういうお仕事だけ回すようにしているのですけどね）

『これくらいの仕事、朝飯前』とでもいわんばかりの態度をとり続けている三人を前にして、シグナスは表情こそ変えないものの内心で舌打ちしていた。

「……書類の中には機密保持案件もありますので、作業はすべてこの部屋の中だけでお願いします。私は第三王女様の寝室で作業をしておりますので、他に何か質問がありましたらいつでもお声をおかけください」

「「「はい、わかりました」」」

アルバ達三人はシグナスに向かってきちっと整列し、挨拶する。

（……ほう、最初は不敬な態度をとっていましたけれども、挨拶すべきときはきちんと出来るのですね）

シグナスは、三人の様子をクールな表情のまま見つめ続ける。

（……第三王女様の同級生の方々ということで抜擢いたしましたけど……さて、どうなりますか……第三王女様からは、無理はさせないようにと指示を受けておりますし、私の方でサポートをすべきなのでしょうけど……）

シグナスの目が冷たい色を帯びる。

（……ですが、先ほどの第三王女様をディスっているとしか思えない言動……そうですね、それを加味した上で考慮させていただきましょうか……えぇ、しっかりと加味させていただきますわよ……私の大切な第三王女様を……）


第三王女の執務補佐官シグナス……

一見するとクールビューティだが、第三王女を見る目に妙な光が灯《とも》っていることに気がついている者は少ないという……

◇ホウタウの街・フリオ宅◇

夜……

夕食を終えたスワンは、リルナーザと一緒にお風呂に入っていた。

「……こ、このお風呂、す、すごいですのん……」

スワンは目を丸くして唖然《あぜん》としたまま、脱衣所から湯船へ続いている扉のところで立ちつくしていた。


スワンが驚くのも無理はなかった。

その視線の先には、フリオ家のリビングと同じくらいの浴場が広がっていた。

湯船と洗い場が別々になっており、十人程度であれば同時に入っても余裕がありそうな広さを誇っている。


これは、フリオ家に居候が増えてきた事にともなって、増築を重ねた結果であった。

『住人のみんながのんびり出来るように』

というフリオの考えによるものである。


「し、しかも、これが女湯ですのん？　と、隣にある男湯も、同じくらいの広さが……こ、これってお城のお風呂よりも大きいですわん……」

スワンは困惑しきりといった表情を浮かべたまま立ちつくす。

そんなスワンにリルナーザが駆け寄ってくる。

「スワンさん、そんなところでじっとしていたら風邪を引いてしまいます。早くお風呂に入りましょう！」

脱衣所から移動してきたリルナーザは、笑みを浮かべながらスワンの両肩に手を置くと、そのままお風呂の方へ押していく。

スワンはリルナーザに促されるまま、木製の風呂椅子に並んで座る。

そんなスワンの隣で、リルナーザは鼻歌を歌いながら、桶《おけ》に湯船の湯をすくった。

「はい、これ、スワンさんの分です」

「あ、ありがとうですのん」

リルナーザから桶を受け取り、お礼を言う。

その視線の先には、裸のリルナーザが座っていた。

(……外でご一緒している時には気にならなかったのですけど……リルナーザさんって、お胸が結構大きいですのんね……)

スワンの視線の先には、リルナーザの胸があるのだが、リルナーザが動く度に、左右のそれが大きく揺れていた。

視線を自らの胸に向けるスワン。

姫女王ことエリザベート、第二王女ことルーソックの二人に比べて、年齢は下であるにもかかわらず、かなり胸が大きいスワン。

(……わ、私より……大きいですのん……？)

自分が知っている同年代の女性で、自分より胸が大きい女性に会った事がなかったスワンは、目を丸くしながら自分の胸とリルナーザの胸を交互に見比べていた。

そんなスワンに、頭からお湯を被《かぶ》ったリルナーザがにっこり微笑みかけた。

「じゃあ、スワンさん、後ろを向いてください。先に私が背中を洗ってあげます」

「ふ、ふぇ!?　せ、背中をですのん!?」

「じゃあ、まずはお湯をかけますね」

自らの桶にお湯を入れ直したリルナーザは、それをスワンの頭からかけた。

「へぶぅ!?」

いきなりの出来事に、スワンが思わず変な声をあげる。

リルナーザはそんなスワンの背後に回り、泡立てたタオルでスワンの背中を洗い始めた。

「あ、あの……じ、自分で出来ますのん」

「いえいえ、気にしないでください」

慌てるスワンに対し、リルナーザは笑顔で背中を洗っていく。

リルナーザがまったく止める気配を見せないため、スワンは諦めて大人しく座り、されるがままに任せる。

そんなリルナーザの様子を、スワンは肩越しに見つめる。

（……リルナーザさんは、本当にすごいですのん……魔獣達とあんなに楽しそうに出来ているですのん……なのに、私は……）

スワンは日中の事を思い出し、思いっきりへこんでいた。

それもそのはず……

この日の日中、スワンは『魔獣に慣れる』という目的のため、リルナーザと一緒に魔獣達と一緒に過ごした。

……いや、正確には、一緒に過ごそうとした。


「……はぁ」

スワンが大きなため息を漏らす。

「あれ？　どうかしたのですか、スワンさん？」

そんなスワンに、リルナーザが怪訝そうな表情を向ける。

「あ、いえいえ、た、大したことではないですのん……ただ、今日は魔獣さん達と仲良く出来なかった、と……そのことを思い出していたんですのん」


スワンの言葉通り……

この日のスワンは、魔獣達の近くに近寄ることすら出来なかったのであった。

大型の魔獣である狂乱熊《サイコベア》姿のサベアやタベアだけでなく、サベアの子供で、スワンと比べてもかなり小柄なスベア・セベア・ソベア達にすら、ある一定距離より近づけなかったのである。

「……というわけで……初日からこんな具合で、私は本当に魔獣さん達に慣れる事が出来るのか、不安になっておりましたですのん……」

風呂椅子で背を丸くするスワンに、リルナーザは、

「そんなに気にしなくても大丈夫だと思いますよ。みんないい子ですし、何日かしたらすぐに慣れると思います」

「ほ、本当ですのん？」

「はい！　きっと大丈夫です！」

笑顔でそう励ました。

そんなやり取りを続けるうちに、

（……不思議ですのん……リルナーザさんに大丈夫と言われていると、なんだか本当に大丈夫な気がしてきますのん……）

スワンの顔には、いつしか笑みが浮かんでいたのだった。

「じゃあ、今夜も魔獣さん達と仲良くしましょう！」

「え？　こ、今夜？」

リルナーザの言葉に、きょとんとするスワン。


……数刻後……

寝間着に着替えたスワンは、フリオ家のリビングで横になっていた。

隣では、スワン同様に寝間着に着替えているリルナーザが横になっており、すでに寝息をたてている。

そんなリルナーザの隣で、スワンは横になったまま固まっていた。

……それもそのはず。

リルナーザとスワンが寝ているのは、狂乱熊姿《サイコベア》のサベアのお腹《なか》の上なのである。

仰向《あおむ》けに寝て、手足を大の字に投げ出しているサベア。

そのお腹の上で、リルナーザとスワンは並んで横になっていた。

（……どど、どういうことですのん……ききき、気がついたらこんなところで、

『さぁ、寝ましょう』

なんてリルナーザさんに言われてしまったですのんけど……たたた、ただでさえ魔獣に自分から近寄れない私ですのに、いいい、いきなり魔獣のお腹の上で寝ろだなんて……）

恐怖と緊張が入り混じった感情に支配され、硬直する。

その時だった。

隣で眠っているリルナーザが、寝返りを打ち、そのままスワンに抱きついた。

「ふ、ふぇ!?」

いきなりの出来事に、スワンが目を丸くする。

そんなスワンを、リルナーザは抱き枕よろしく抱きしめる。

いつもは、サベアの腕を、こうして抱き枕にしているリルナーザ。

今宵《こよい》のスワンは、その代わりになっていた。

最初こそ困惑していたスワン……しかし……

（……リルナーザさんの体……とっても柔らかくて、温かい……それに、なんだか良い匂いがしますのん……まるで草原のような……）

リルナーザに抱きつかれながら、そんな事を考えていた。

クライロード魔法国の王族の一人として生まれながら、魔法の才に恵まれなかったスワン。

その足りない部分を勉学で補うため、幼少の頃から誰よりも勉強し、知識を蓄えていった。

幼少期を魔王軍との戦線の中で迎え、親からの愛に恵まれず、それを当然の事と受け止め、求めようともしてこなかった。

（……温かい……とっても温かいですわん……）

リルナーザに抱きしめられるうち、スワンの表情は柔らかくなり、体の硬直が解けていく。

次第にスワンは自らリルナーザを求め、抱きしめ返していく。

程なくして、スワンは、リルナーザと抱き合いながら眠りに落ちていった。

それはそれは、深い深い眠りに……

◇隠遁の森◇

翌朝……

ガリルが操馬する馬車は、順調に街道を進んでいった。

「……いや、あの……順調すぎない？」

隠遁の森の奥深く。

自室で、大きな水晶に手をかざしていた星詠賢者は、眉間にシワを寄せていた。

「わ、私の計算では、一行の到着は明日の朝のはずじゃあ……」

星詠賢者はあたふたしながら、水晶に映し出された地図を確認する。

その地図には、星詠賢者の自宅を中心とした隠遁の森の全域が表示されているのだが、ひとつの光点が、星詠賢者の自宅のすぐ近くに存在していたのである。

「ゆ、油断してましたわ……ど、どうしましょう……お客様をお迎えする用の外套《がいとう》とか、今日洗濯する予定だったのに……そ、それよりも、来客用のお茶とお茶菓子の準備を……って、あぁ、それも今日準備する予定で……あわわ……」

慌てまくっている星詠賢者は、自分がいまだに寝間着姿である事にすら気づいていなかった。

◇◇◇

操馬台に座っているガリルは、地図と街道を交互に見つめていた。

「……うん、このまままっすぐでよさそうだね。隠遁の森って言われているだけあって、似た光景が続いているから、道を間違えやすいけど、どうやら間違わずに進んでこれたみたいだ」

ガリルは満足そうに頷くと、改めて手綱を握り締める。

「あの、我が主……」

そんなガリルに、隣に座っているベンネエが声をかけた。

「そろそろ操馬を交代いたしましょう。いくら我が主とはいえ、一晩中操馬されたのです、さすがにお疲れでは……」

「ありがとう、ベン姉さん」

お礼を言ってベンネエににっこり微笑む。

「僕は、一週間くらい寝なくても大丈夫だし、魔馬もまだいけるって言ってくれてるからさ」

ガリルの言葉に応えるように、馬車を引いている魔馬が一鳴きした。

「それより、ベン姉さんこそ休んでよ。止体不明の一団を明け方まで追いかけていたんでしょう?」

「いえ、確かにそうなのですが……結局、見失ってしまいまして……面目次第もございません」

「いえいえ、見失ってしまったものは仕方ありません。次、また出くわした時に捕縛すればいいだけですから」

ガリルはベンネエに向かってにっこりと微笑んだ。

(……さすがは我が主と心に決めたお方……度量が広い……)

二人がそんな会話を交わしている中……

馬車の中で、横になっているエリザベートは昨夜の事を思い出していた。

『あの、ガリル君。そろそろ夕食でも……』

『そうですね、では、これをお食べください』

ガリルは魔法袋から取り出した弁当をエリザベートに差し出した。

『あ、あの……これは……』

『えぇ、少しでも早く目的地に到着出来るように、食事の時間を短縮しようと思いまして、事前に準備しておきました』

『あ、はい……』


『あの、ガリル君。そろそろ野宿でも……』

『あ、大丈夫です。僕も、魔馬もあと二、三日くらいなら休まず進めますから、エリザベート様は、馬車の中でお休みください』

『あ、はい……』


(……違うんです……確かに、お弁当は美味《おい》しかったですし……馬車の座面はふかふかで、温暖魔石のおかげで室内もあったかで、朝までぐっすり眠ることが出来ましたし……その間に、予定よりかなり進むことが出来ましたし……でも、違うんです……私が望んでいたのは、ガリル君と一緒に食べるご飯や、一緒に肩を寄せ合って野宿することでして……こんなのじゃないんです……)

エリザベートは座席に横になったまま、両手で顔を覆った。

そんなエリザベートの気配を察したバンネエは、

（……我が主は、君主たるべき度量は十二分に備えておいでなのですが……なんと申しますか、女心というものに無頓着と申しますか、疎すぎると申しますか……心中お察しします……）

そんな事を考えながら、霧の中へ姿を消していった。

◇◇◇

数刻後……

隠遁の森の奥深くにある星詠賢者の家は、森の大木を利用して建てられている。

途中からは獣道程度の道しかない森の中を進み、ようやく辿り着けるというその家の前に、一台の馬車が止まっていた。

「この度は、遠路はるばるお越し頂き、申し訳ありませんでした」

対面の椅子に座っているエリザベートと、その後方に控えているガリルに対し、星詠賢者は恭しく一礼する。

その全身を紫を基調としたロングコートで包み、大きなトンガリ帽子を目深に被っている。

一見すると、落ち着いた佇《たたず》まい。

……しかし。

（……ばばば、ばれてないですよね？　このコートの下が下着だっていうこと……だだだ、だって、どの服に着替えようか悩んでいたところに到着しちゃうんだもの……とりあえずロングコートでごまかすしかなかったんだもの……）

ドキドキしっぱなしの内心をどうにか悟られないように、と、必死になって平静をとりつくろっていたのであった。

そんな星詠賢者に向かい、エリザベートもまた、恭しく一礼した。

「いえ、この度は面会くださり感謝いたします、星詠賢者様」

「堅苦しい挨拶は抜きにいたしましょう。それよりも……」

星詠賢者が小さく咳払《せきばら》いをする。

「此度《こたび》は、私に星詠みしてほしい件があると、予言師より伝え聞いておりますが、どのような内容でしょう？」

星詠賢者は落ち着いた所作でエリザベートの対面に座り、コートの袖の中から一組のカードを取り出した。

それを机上に置くと、両手をカードの上にのせ、詠唱する。

詠唱に呼応するかのようにカードが光り出し、宙に浮かぶと、星詠賢者の頭上を覆うように広がっていく。

「はい。此度は、クライロード魔法国内に突如出現しはじめた蛇の魔獣についてお聞きいたしたく思っております。

　この魔獣、最近になって突如出没しはじめたのですが、日出国では龍の魔獣の出現は災いの知らせと言われております。

　この魔獣の出現も、何らかの知らせをもたらしているのでしょうか？

　また、この魔獣は今後どこに現れるのか……国内に暮らす民の平穏な暮らしを守るためにも、ぜひ星詠みして頂きたく……」

　エリザベートは頭を下げたまま、頼み事を口にする。

　星詠賢者は、その言葉を聞き終えると小さく頭を下げ、両手を頭上のカードに向かって伸ばしていく。

　すると、宙に浮いているカードの中の数枚が、星詠賢者の手の中に移動し始める。

　それらのカードを、自らの前、机の上へと並べていく。


　そこで、星詠賢者の動きが止まった。

（……え？　え？　え？　な、何、このカードの配列……そのまま詠めば……『解決済み』って意味になるのかしら……ということは、魔獣がもう出現しないと解釈出来そうなのですが……最後の一枚に、複数の魔獣らしき存在を示唆する意味合いがもたらされていますし……え？　これって、どう詠めばいいわけ？　こんなに複雑なのって、今まで経験ないのですが……）

机上のカードを前にして、星詠賢者は内心困惑しまくっていた。

星詠み……

それは、クライロード世界に召喚される前の世界で占い師をしていた星詠賢者が、召喚の際にこの世界に持ち込んだ自らの所有物であるタルロットカードを使用して、あらゆる事象を詠み解いていく能力である。

その詠み解く能力は、星詠賢者の経験に裏打ちされているため、今まで経験した事が無いカードの配列に出くわしてしまうと、カードが意味する内容を正しく詠みとれないという事態に陥ってしまうのであった。

長時間、机上のカードとにらめっこしたまま動かなくなってしまった星詠賢者。

「……あの……星詠賢者様？」

その様子に異質な物を感じたエリザベートが、小声で話しかける。

しかし、混乱している星詠賢者に、その言葉は届いていなかった。

（……えっと、こっちのカードと、こっちのカードの意味合いを組み合わせると「宿命」とか「運命」と言った意味合いになるのですけど……じゃあ、このカードはどう組み合わせて詠めば……こっちだと、「ひとつになる」と詠めるし……で、最後のこのカードは……「審判」とか「祝福」の意味合いが強い……で、全部のカードの組み合わせだと「解決」の意味合いが強くなるのですが……ということはつまり……）

ゆっくりと指を動かし、考えを巡らせていく。

「……運命に導かれてひとつになり、祝福され解決する……」

（……って……う～ん……合っているような、合っていないような……）

星詠賢者は呟きながら頭を抱えた。

そんな星詠賢者の前で、エリザベートは顔を真っ赤にしていた。

しばらくの間、そのまま固まっていたエリザベートだが、突如立ち上がると、

「よ、よ～っくわかりました。そ、それではこれで」

早口でまくし立てると、早足で家を出ていった。

「え？　あ、あの……」

エリザベートの、いきなりの行動に困惑するガリル。

それでも、

「あの、今日はどうもありがとうございました」

きっちり挨拶し、頭を下げてから家を後にしていった。

そんな二人を、星詠賢者はポカンとしながら見つめていた。

「……え？　い、今のでわかったの？……ねぇ、どんな意味だったの？」

◇◇◇

数刻後……

エリザベートを乗せた馬車は、元来た街道をクライロード城へ向かって移動していた。

その馬車の中、エリザベートは両手で顔を覆い、顔だけでなく肩まで赤くしていた。

（……先の星詠み……『運命に導かれてひとつになり、祝福され解決する』との事でしたけど……その際に、星詠賢者様が私とガリル君を交互に指さしておられたということは……）

私とガリル君が、運命に導かれてひとつになり、祝福され解決する。

（という意味なのでしょうか……って……ひとつになるということは、やはり、あの、男女の……）

エリザベートは、脳内でガリルと自分のそういうシチュエーションを思い浮かべ、さらに顔を赤くし固まってしまう。

一方……

操馬台のガリルは、怪訝そうな表情を浮かべながら首をひねっていた。

「あの星詠み……結局どういう意味だったんだろう……エリーさんは、わかったって言ってたけど……あれだけ急いでいたってことは、とりあえず早く城まで戻りたいってことだよね、うん」

手綱を握り直し、馬車の速度を上げるガリル。

そんな二人を乗せた馬車は、来た時よりもかなり速い速度で街道を進んでいた。

◇ホウタウの街・フリオ宅◇

朝……

リビングの端に設置されているサベア一家の小屋。

その中で、目を覚ましたリルナーザが上半身を起こそうとした。

「……あ、あれ?」

その体はスワンにガッチリと抱きしめられている。

そのため、リルナーザは起きるに起きれなくなっていた。

「あの……スワンさん?」

リルナーザが小声でスワンに声をかける。

何度か声をかけたところで、ようやくスワンが目を覚ました。

しかし、スワンは久々に熟睡したせいか、目は開いているものの意識がはっきりしておらず、ボーッとした様子で周囲を見回すと、リルナーザに再び抱きついた。

「え？　あの、スワンさん？」

びっくりしながらも、リルナーザもまたスワンの事を抱き返す。

リルナーザに抱きかかえられるようになりながら、スワンは再び寝息をたて始めた。

そんな二人を、サベアが両手で優しく撫《な》でていく。

「そうですね……たまには少しお寝坊してもいいかもしれません」

リルナーザがにっこりと微笑む。

そんなリルナーザに抱きしめられながら、スワンは気持ちよさそうに眠り続けていた。


二人の様子を、フリオは近くから見つめていた。

そんなフリオに気づいたリースが歩み寄っていく。

「旦那様、どうなさ……」

その声を、フリオが自らの口に人差し指をあて『静かに』というサインを送った。

サベアの小屋の中が視界に入り、フリオの意図に気がついたリースは、慌てた様子で自らの口を両手で押さえる。

フリオの隣に移動し、一緒になって小屋の中の様子を窺う。

そんな二人の視線の先には、サベアのお腹の上で仲良く一緒に眠っているリルナーザとスワンの姿があった。

ちなみに……

ベッド代わりになっているサベアだけでなく、その周囲で眠っていたタベアやシベア達は皆、目を覚ましていたのだが、リルナーザとスワンを起こさないようにじっとしていた。

フリオが窓の外へ視線を向けると、いつの間にか多くの魔獣達が集まっており、全員が小屋の中で眠るリルナーザへ視線を向けている。

（……そういえば、いつもならリルナーザが魔獣達と一緒に散歩に行く時間だったっけ）

フリオが考えているとおり……

毎日サベア達と一緒に寝ているリルナーザは、起きるとまずサベア一家と一緒に散歩に行くのを日課にしていた。

ホウタウの街の近くにある湖まで行って帰ってくるのが定番のコースである。

その道中で、フリオ家の近くにある森で暮らしている魔獣達が集まってきて、リルナーザ達と一緒に散歩に繰り出すのがいつもの光景だった。

（……この調子だと、今日はお散歩に行けそうにないな）

フリオはその顔に飄々とした笑みを浮かべながら、サベアの妻であるシベアに向かって手招きする。

（……今日は、リルナーザの代わりに僕が散歩に連れていってあげるよ）

そんなフリオの意図を察したのか、シベアは一度立ち上がった……のだが、続いて首を左右に振った。

それは、スベア達も同様だった。

窓の外の魔獣達も皆、首を左右に振っている。

それは、

『リルナーザが起きるのを待つよ』

と、言っているようだった。


「まぁ……せっかく旦那様がお誘いくださっているというのに……」

リースが牙狼《がろう》族の耳と牙を具現化させ、怒りの感情を露《あら》わにする。

魔獣の中でも最強に分類される牙狼の怒りを前にして、集まっている魔獣達が一斉に恐怖の感情を露わにする。

そんなリースに、フリオは慌てて顔を寄せた。

「り、リース。僕は気にしてないから。今はそっとしておいてあげて」

「そうですか？……まぁ、旦那様がそうおっしゃられるのでしたら……」

フリオを見つめながら頷いたリースは、具現化させていた耳と牙を元に戻していく。

「それよりも、リルナーザが起きたらみんなで一緒に散歩に行こうか？」

「まぁ、よろしいのですか!?」

リースが思わず大きな声をあげる。

すると、フリオがリルナーザ達を起こさないように、と、人差し指を口にあてる仕草を見せる。

（……最近は、フリース魔獣レース場の運営や、カルチャの開店準備なんかで忙しくしていてみんなでお出かけすることなんてなかったもんな……買い物の帰りに、ちょっと共狩りしたくらいで……）

そんな事を考えながら、リースを抱き寄せた。

フリオに抱き寄せられ、リースは嬉しそうに笑みを浮かべながら目を閉じる。

そんな二人の前で、リルナーザとスワンは気持ちよさそうに寝息をたて続けていた。

◇クライロード魔法国・北方の森◇

北へ延びている街道と、並走するように設置されている裏街道。

石畳は新たな街道の整備に使用されているため、裏街道は整備されることもなく、ところどころに穴が開いており、雑草も生い茂っていた。

そんな裏街道だが、利用者がまったくいなくなっているわけではない。

その理由として、大きく二つの理由がある。


ひとつは、新しい街道が通っていない僻地《へきち》へ向かう場合。

そしてもうひとつは、交通量が多い新しい街道を通ることで第三者に目撃されたくない場合。


そんな裏街道を、一台の荷馬車が通過していた。

この荷馬車、一般的な荷馬車と決定的に違う点が一つあった。


馬が牽引《けんいん》していないのである。

荷馬車部分だけで街道を進んでいるこの異質な荷馬車。

荷馬車魔人アルンキーツが自らの体を荷馬車化させ、走っていた。


荷馬車魔人……

自らが一度触れたことがある乗物であれば、どんな物にでも変化させることが出来るスキルを持っている稀少《きしょう》種の魔人である。

ちなみに、変化には自らの体力を消費するのだが、自分の体よりも大きな乗物に変化したりすると、体力を大量に、かつ継続して消耗してしまうため、長時間形状を維持出来ないという欠点もかかえていた。

なお、この世界の一般的な乗物である荷馬車に変化する際だけは、体力を消費しないため『荷馬車魔人』と呼称されている。


アルンキーツの車内は、乗車部と荷物積み込み部がそれぞれ独立しており、乗車部には、金髪勇者達《たち》が乗り込んでいた。

『金髪勇者殿！　またあったであります！』

乗車部の天井あたりからアルンキーツの声が響く。

「おぉ！　そうか！」

そう言うが早いか、金髪勇者が窓から身を乗り出す。

その後方から、

「え？　どこですかぁ！」

ツーヤが、金髪勇者を押しのける勢いで追随する。

そのため、先に身を乗り出していた金髪勇者がツーヤに押し潰された格好になった。


ムギュ。


金髪勇者の背中に、柔らかい感触が伝わってくる。

（……こ、これは……どう考えても、ツーヤのおっぱ……）

「えぇい、ツーヤよ！　はしたない真似《まね》はよさないか！」

「ふえぇ!?　は、はしたないって、いったいなんのことですかぁ!?」

ツーヤは無意識のまま金髪勇者に自らの胸を押しつける格好になっていたためか、自分が何について怒られているのかまったく理解していなかった。

「だ、だからだな……」

金髪勇者が必死に体を起こそうとする。

その時、金髪勇者とツーヤが身を乗り出しているのとは反対側の窓から、ヴァランタインとガッポリウーハーがひょっこりと顔を出した。

通常サイズのヴァランタインであれば、ツーヤ並に豊満な肉体をしているため、細身で小柄なガッポリウーハーといえども、ツーヤに押し潰された金髪勇者の二の舞になりかねない。

しかし、今のヴァランタインは、幼女を思わせる三頭身の姿になっているため、その心配はなかった。


このヴァランタイン……

元は邪界と呼ばれている世界から、ここクライロード世界へやってきた異世界人である。

大気中に魔力が満ちあふれていた邪界と違い、大気中の魔力が希薄なクライロード世界では、体内魔力の消耗が激しくなってしまう。

その消耗を抑えるため、自らの体を小型化する術を身につけ、普段はその状態で過ごしていたのであった。


「あらぁ、本当ねぇ。あそこの草むらの中に金塊が転がってますわぁ」

前方の草むらの中に、散乱している金塊を見つけたヴァランタインは、歓喜の声をあげた。

「うわぁ、これで今夜の酒代もばっちりっすね」

ガッポリウーハーもまた、口元をニンマリさせながら、自らの舌で唇を舐《な》めた。

そんな一同の声に、荷馬車の屋根の上に待機していたリリアンジュが荷馬車から飛び降り、草むらの金塊の回収に向かう。

「この金塊……理由はわからぬでござるが、輸送していた荷馬車が何かに襲われた結果、散乱したようでござるな……」

リリアンジュは周囲の様子を確認すると、手早く金塊を手に取って荷馬車へ駆け戻る。

荷馬車の中には、ここにくるまでの間に回収された財宝が並べられており、その中に、新たに金塊が並べられる。

「はわぁ～♪　これでしばらくの間、お金の心配をしなくてすみますぅ」

両手で頬を挟みながらツーヤが歓喜の声をあげる。

金塊を手に取ったガッポリウーハーは、満面の笑みを浮かべて頬ずりをした。

「しっかし、金髪勇者様ってば、裏街道《こっち》に財宝が散らばっているってよくわかりましたね。あたしゃ、てっきりいつものお尋ね者捜査網から逃れるためかと思ってましたよ」

「はっはっは、私を誰だと思っている？　私の手にかかれば、財宝を見つけるくらい朝飯前だ。私の直感をなめるなよ！」

腰に手をあて、高笑いする金髪勇者。

そんな金髪勇者を、ガッポリウーハーはジト目で見ていた。

「その直感のせいで、先週は有り金全部だまし取られちゃって、そのせいで日雇いの土木作ぎょあばばばばば」

「はっはっは、まったくこの口は何を言っているのやら。悪い口だな、この」

金髪勇者が後方からガッポリウーハーを抱きかかえ、その口を閉じて言葉を封じた。

「あははは、まったくもう、金髪勇者様ってばぁ」

そんな光景を前にして、ヴァランタインが楽しそうに笑い声をあげる。

その声に合わせて、金髪勇者もまた笑い声をあげた。

アルンキーツの荷馬車の中が、あっという間に笑い声で満ちあふれていく。

その光景を、ツーヤもまた笑みを浮かべながら見つめていた。

（……お城でお仕えしていた時は、ちょっといけすかないなぁ、って思う事もありましたけど……どんな時でも勇者たろうとして必死に抗《あらが》っておられた。あの姿は、ちょっと格好よかったんですよねぇ……そして……）

ツーヤの視線の先、金髪勇者は、ガッポリウーハーと肩を組み、楽しそうに笑っていた。

（……今は、金髪勇者一行の主人として……）

『金髪勇者殿』

不意に、荷馬車の中にアルンキーツの声が響いていく。

「うむ、どうしたアルンキーツよ。また新たな宝物が転がって……いや」

金髪勇者の表情から笑みが消え、右手で口元を押さえる。

『なにやら前方から接近してくる人物がいるであります』

「人物ぅ？」

天井を見上げ、ヴァランタインが首をひねる。

『はいであります。なにやら、大きな槍《やり》に似た武器を手に持っておりまして、こちらにまっすぐ向かってくるであります』

「武器ぃ？」

ヴァランタインが窓からひょっこりと顔を出す。

その視線の先、荷馬車形態のアルンキーツの前方で、一人の女が宙を舞っていた。

「はてさて……あれはぁどこのどなたでしょうか……」

のんびりと首を傾《かし》げるヴァランタインの首根っこを金髪勇者が摑《つか》むと、

「馬鹿者！　頭をひっこめろ！」

慌てた様子で馬車の中に引っ張り込む。


次の瞬間。


先ほどまでヴァランタインの顔がのぞいていたあたりに、宙を舞っている女の槍が振り下ろされた。

宙に、ヴァランタインの前髪が数本舞っていた。

「あら、かわしましたか……さすがは全クライロード魔法国指名手配犯というべきでしょうか？」

女は槍を引き戻し、肩に担ぐ。

窓から身を乗り出した金髪勇者は、槍を担ぐ女を睨《にら》み付けた。

「貴様！　いきなり襲いかかってくるなんて非常識にも程があるだ……って、のわぁ!?」

そこまで叫んだところで、女の槍が金髪勇者の顔面に襲いかかる。

いきなりの出来事に、馬車の中に倒れ込むことで女の槍をかわす事に成功する。

「……そうですわね。いくら相手が盗人とはいえ、名乗る前に攻撃するのは、我が主の評判を落としかねない愚行であったと認め、謝罪しましょう……我はベンネエ。主《あるじ》ガリルの使い魔として盗人犯を……って、あ、あら？」

困惑し、周囲を見回すその女――ベンネエ。

先ほどまでそこにあった荷馬車の姿はすでにない。

よく見ると、森の中、木々を隠《かく》れ蓑《みの》にしながら逃げている金髪勇者一行の姿があった。

「あの荷馬車……まさか荷馬車魔人が変化した物だったのかしら……人型になれば逃げ切れると思われたのでしたら、我も舐められたものですね」

ベンネエは口元に不敵な笑みを浮かべ、槍を手に飛翔《ひしょう》する。

たった一度の飛翔で、森の中を懸命に走っている金髪勇者達との距離を詰めていく。


ドーン！

ベンネエが振り下ろした槍が地面をえぐり、周囲に轟音《ごうおん》をとどろかせた。

「どわぁ!?」

「あ、あぶなぁい!?」

金髪勇者一行の面々は槍を間一髪のところで左右にかわしていく。

「しぶとい!」

舌打ちしたベンネエが再び槍を振り上げる。

「どわぁ、で、ありますぅ」

その眼前で、アルンキーツが派手に転んだ。

「し、しまったであります。さっきまで荷馬車だったせいで、うまく走れないでありますぅ」

顔面から地面に倒れこんだアルンキーツがそのまま地面の上を滑っていく。

そんなアルンキーツの様子などお構いなしとばかりに、

「もらいました」

ベンネエが槍を振り回しながら、アルンキーツを捕縛すべく飛びかかる。


しかし。


「させるかぁ!」

金髪勇者は、アルンキーツの足を無理矢理引っつかむと、両足を肩で担ぐ格好でそのまま猛ダッシュしていく。

アルンキーツは金髪勇者に逆さ吊《づ》り状態でおんぶされているため、スカートがお腹《なか》のあたりまでずり落ち、丸見えになっていた。

「ちょ!? き、金髪勇者殿、この格好は乙女にあるまじき格好でありますぅ！」

必死になってスカートを押し戻そうとするアルンキーツ。

「うるさい！　そんなことより、今は逃げる方が先だ！」

そんなアルンキーツの事情などお構いなしとばかりに、金髪勇者が猛ダッシュする。

「あら、逃がしませんわよ！」

手にした槍を再び振り回し、ベンネエが金髪勇者の後を追いかける。

「えぇい！　捕まってたまるかぁ！」

それを振り払おうと全力疾走する金髪勇者。

「ちょ!? 見えちゃうでありますぅ」

必死に下着を隠そうとしているアルンキーツ。

「……金髪勇者様ってば、いったい何を……」

ツーヤはその光景を少し離れた場所から見つめていた。

「あの女、我らが指名手配されている事をしっているようでござる。ここは逃げの一手でござる」

リリアンジュが一同に先んじて走りだす。

それまで静かだった森の中は騒然となっていた。

◇◇◇

ベンネエが金髪勇者一行を追いかけ始めてからすでに数刻……

今、金髪勇者一行の姿は穴の中にあった。

「……どうにかやりすごせたのかねぇ？」

屋敷魔人であるガッポリウーハーは、穴の壁に張り付きながら上空を見上げていた。

その横で、ヴァランタインが両手から邪の糸を発生させ、穴の外へ向かって伸ばして周囲の様子を確認している。

「……さっきいきなり襲ってきた女の気配はなくなったみたいねぇ……」

ヴァランタインは目を閉じ、糸の感触に神経を集中させる。

ちなみに、その姿は通常の妖艶な大人の姿ではなく、魔力をセーブするための幼女の姿へと変化していた。

そんなヴァランタインの言葉に、思い思いの姿で穴の中に隠れていた金髪勇者一行の面々が安堵《あんど》のため息を漏らす。

「はぁ……本当によかったですぅ……金髪勇者様が咄嗟《とっさ》にこの穴を掘ってくださっていなかったらぁ、本当に危なかったと思うのですぅ」

胸に手をあてたまま、ツーヤは体を震わせている。

その隣で、金髪勇者は忌々しそうに舌打ちをしながら穴の入り口を見上げていた。

「まったく……あのよくわからん武器を持った女め、問答無用で斬りかかってきおって……」

「あの武具でござるが、確か東方にある日出国《ひいずるくに》なる地方にて用いられている、ナギナタなる武具ではないかと……」

金髪勇者の隣で片膝をついているリリアンジュが、頭を下げていた。

「そんな情報はどうでもよい……問題なのは、あの女がリリアンジュの気配察知スキルに感知されることなくだな……」

金髪勇者がそこまで言葉を発した時だった。

邪の糸の感触を確認していたヴァランタインが眉間にシワを寄せ、

「まずいですわぁ」

小声で、金髪勇者達へ声をかけた。

◇同時刻・穴の上部◇

金髪勇者一行が隠れている穴の端、そこにベンネエの姿があった。

「……ふぅむ、この辺りから先ほどの怪しげな一団の気配を察知したような気がしたのですけど……」

ベンネエが穴の中をのぞきこみながら、左手を顎にあて、首をひねる。

穴の中にいる金髪勇者一行は、ヴァランタインの気配遮断魔法を使用して隠れている。

邪界の魔法のため、ベンネエもその気配を察知することが出来ていなかった。


……しかし……


「……ふぅん……一見すると、野生魔獣の住処《すみか》として見過ごしてしまいそうですけど……よく見ると、どうにも怪しげな穴ですわねぇ……」

長年の経験値から、この場所にある穴に対し、違和感を感じとっていた。

右手の長刀《なぎなた》をゆっくり頭上に持ち上げると、

「五月雨乱舞《さみだれらんぶ》！」

気合いの入った声とともに、長刀を穴の中に向かって突き出していく。

同時に、長刀の先から無数の刃の形をした光が穴の中に向かって降り注いだ。

光の刃によって、穴の中がえぐれ、広がっていく。

それでもベンネエは長刀を振るう手を止めることはない。

「とりあえず、穴の広さが二倍になるくらいえぐっておきましょうか」

涼しい表情のまま、長刀を振るい続けるベンネエ。

その手の長刀が、穴の中に向かって振るわれる度に、穴はどんどん広がっていた。

「い、いかん!?」

穴の中、穴の端に隠れていた金髪勇者は、ドリルブルドーザースコップを振るい、高速で横穴を掘り進めた。

◇◇◇

「ったく、なんだったんだあの女は！　問答無用で攻撃をしかけてきおって」

金髪勇者はドリルブルドーザースコップを使い、必死の形相を浮かべながら穴を掘り進めていた。

その後方では、ヴァランタインが邪の糸を駆使し、すさまじい速さで自分達が通ってきた穴を塞いでいく。


ドリルブルドーザースコップ。

すさまじい速度で地面を掘り進むことが出来る伝説級アイテムである。

その扱いに慣れている金髪勇者は、ヴァランタインの言葉を聞くなり横穴を掘り、ベンネエの攻撃を間一髪でかわすことに成功していたのだった。

「まったくであります！」

ヴァランタインの隣で、アルンキーツもまた、必死の形相を浮かべていた。

「自分、あと一歩遅かったら体が真っ二つになっていたでありますよ」

ぜぇぜぇと、アルンキーツが荒い呼吸を繰り返す。

そんなアルンキーツの背中へガッポリウーハーが視線を向ける。

その視線の先、アルンキーツの服の背中部分がざっくりと裂けており、アルンキーツの背中からお尻までもが露《あら》わになっていたのである。

「……いや、まぁ、確かにあと一歩遅かったら命がやばかったってのは認めるけど……よくもまぁ、こんなに器用なやられ方をしたもんだなぁ」


ガッポリウーハーの言葉通り……

ベンネエが闇雲に放った攻撃を避けた際に、服の背中部分だけばっさり裂けてしまっていたのである。


「とにかくだ、一刻も早くこの場から逃げるぞ！」

金髪勇者がドリルブルドーザースコップを振るう手にさらに力を込める。

その後ろに、ツーヤ達が続き、最後尾のヴァランタインが穴を塞いでいく。

「なんか、この逃げ方にもずいぶん慣れてきたよねぇ」

緊急事態にもかかわらず、どこか楽しそうなガッポリウーハー。

その後方で、必死になって穴を塞いでいるヴァランタインは、

「これ、結構お腹すくから嫌なんですけどぉ」

悲痛な声をあげながらも、邪の糸を両手で操っていく。

一同は、地面の中をどんどん掘り進んでいった。


一刻後……


休むことなく穴を掘り進めていた金髪勇者は、その手を止めた。

「……さすがに、そろそろ大丈夫か？」

ドリルブルドーザースコップを杖《つえ》代わりにしながら、金髪勇者が後方へ視線を向ける。

伝説級アイテムを駆使しているとはいえ、全力で穴を掘り進めていたのである。

汗だくで、荒い息を繰り返している金髪勇者の様子からも、疲労困憊《こんぱい》状態なのは誰の目にも明らかだった。

「そうでござるな……」

金髪勇者の言葉を受けて、リリアンジュが意識を集中する。

元邪界の諜報員《ちょうほういん》であるリリアンジュ。

どんな世界に派遣されても活動出来るように、魔力の消費が少なく、通常状態で存在を維持する事が可能となっているのだが、その反面、ヴァランタインのような圧倒的な攻撃力を有しておらず、索敵・諜報に特化した個体である。


「……あの女の気配は、まったく感じないでござる」

「やれやれ……どうにかなったか」

リリアンジュの言葉に、金髪勇者が安堵のため息を漏らした。

「はぁ、これでもう逃げなくていいんですねぇ」

「私ぃ、もう魔力がぎりぎりよぉ」

ツーヤとヴァランタインが互いに背を合わせ、その場に座りこむ。

「やれやれ、間一髪セーフでありましたな」

笑みを浮かべながらアルンキーツが額の汗をぬぐっている。

「……いやぁ、ある意味、間一髪アウトな気がしないでもないんだけどさぁ……とりあえず、これ着たら？」

ガッポリウーハーはそう言うと、魔法袋から自分の予備の衣服を取り出し、アルンキーツへ差し出した。

その視線の先に立っているアルンキーツは、靴を履いている以外、完全に裸状態になっていた。

アルンキーツの服は、ベンネエの攻撃で背中部分だけ完全に破かれていた。

その後、穴の中を走り続けているうちに、残りの衣服もすべてなくなってしまっていたのであった。


「別に、自分は気にしないでありますが？」

「あのさぁ……見ているこっちが気になるからさぁ」

「はぁ……まぁ、そう言われるのでしたら……」

しぶしぶといった様子で、受け取った衣服を身につける。

「しかし、ウーハー殿……この服、胸のあたりがかなりきついのでありますが……」

「うっせぇよ！　貧しい胸板で悪ぅございますね！」

ガッポリウーハーがアルンキーツのお尻を右手ではたいた。


気をつかい、アルンキーツから目をそらしていた金髪勇者は、

「さて……あの女から逃げ延びたのはいいのだが……」

ツーヤが手にしている魔石灯で明るくなっている穴の中を見回していく。

「今度は、地上に向かって穴を掘らねばならないのか……」

苦笑しながら立ち上がり、改めてドリルブルドーザースコップを手に取る。

それを地面に突き立て……

ボコッ

同時に、ドリルブルドーザースコップが突き刺さった先の地面が陥没した。

「は？」

呆気《あっけ》にとられた表情を浮かべる金髪勇者。

次の瞬間、金髪勇者一行がとどまっている一帯が一気に陥没した。

「どわあああああああ」

「きゃあああああああ」

「あ～～～れ～～～」

悲鳴をあげながら落下していく一同。

落下がはじまってから数秒後……

どっぽ～～～～～～～～ん！

金髪勇者一行は水の中に落下していった。

「……ぶ、ぶはぁ!?」

金髪勇者が水の中からやっとの思いで顔を出す。

立ち泳ぎしながら周囲を見回していく。

「ここは……地底湖か？」

そこは洞窟のような空間になっており、本来地面がある場所は水で満たされていた。

「壁が明るい……？」

「光苔《ひかりごけ》が壁面に群生しているようでござる」

リリアンジュが、金髪勇者へ近づいてくる。

「とりあえずぅ、この水のおかげで、地面に叩《たた》き付けられずにすんだみたいですわねぇ」

その後方から、ツーヤも平泳ぎで近づいてくる。

その周囲には、ヴァランタインやガッポリウーハー、アルンキーツの姿もあった。

一行全員の無事を確認出来たことで、金髪勇者は安堵のため息を漏らす。

「あぁ、みんな無事のようだな……とりあえず、あそこへ向かうぞ」

湖畔へと泳ぎ始めた金髪勇者に、他の面々も続いていく。

金髪勇者一行の面々はずぶ濡《ぬ》れになりながらも湖畔に辿《たど》り着く。

「……ふむ……光苔のおかげで、視界の確保は問題ない……とはいえ、この地底湖、結構広いようだな……」

金髪勇者の言うとおり……

光苔が生えているにもかかわらず、湖の奥の方は暗黒に包まれており、この地底湖の全容を確認することは出来なかった。

金髪勇者に続き、他の面々も湖畔に這い上がる。

そんな中、ヴァランタインだけは湖の中で横になったままだった。

「どうした、ヴァランタインよ？」

「あぁ……なんかですねぇ……この湖の水、気持ちいいんですよぉ……なんと申しますかぁ、つかっていると力が湧いてくると申しますかぁ……」

湖に浮かんだヴァランタインは、大の字に手足を広げている。

その頬を上気させ、吐息を漏らした。

「気持ちいい？　この水が、か？」

金髪勇者が怪訝《けげん》そうな表情を浮かべながら、改めて湖面へ視線を向ける。

その隣で、リリアンジュが片膝をついて水に右手を浸すと、手の先に魔法陣を展開させ、水の成分を分析していく。

「……この水でござるが……エナジー効果を持った何かが含まれているようでござる」

「ふむ……それは安全なのか？」

「危険性はないでござるな……正確な成分までは不明でござるが、ヴァランタイン様が魔力を補充するのにはうってつけの成分でございますな。それに、人種族の皆様の疲労回復・滋養強壮の効果も期待出来るでござる」

「なるほど……よくわからぬが、とりあえず体にいいというわけだな？」

「単純に言えば、そういう事でござるな」

「うむ……そういう事なら、ツーヤよ、この湖の水を少々持って帰るとしよう。ひょっとしたら高値で売れるかもしれぬでな。魔法袋であれば、それなりの量を収納出来るであろう」

「はぁい、わかりましたぁ」

金髪勇者の言葉を受けて、ツーヤは腰につけている魔法袋を手に取った。

その口を湖に向け、水を魔法袋の中に収納していく。

ツーヤの様子を確認しながら、金髪勇者は大きく息を吐き出した。

「とりあえず、危険はないみたいだし、ここらで一休みするとするか」

そう言って、金髪勇者は近くの石に腰を下ろす。

「そうですねぇ。ここならのんびり出来そうですしぃ」

「となりますと、とりあえずまずは酒でありますな」

そう言うが早いか、アルンキーツが魔法袋から酒を取り出した。

そんなアルンキーツの様子に、苦笑を浮かべる金髪勇者。

「まったく……お前は、何かにつけて酒だな」

そう言いながらも、アルンキーツから酒を受け取った。

程なくして、湖畔に金髪勇者達の楽しげな笑い声が響き始めた。

◇◇◇

湖畔での酒盛りがはじまって、すでにかなりの時間が経《た》っていた。

「ふはぁ……」

地面の上に、大の字で倒れ込んでいるアルンキーツ。

酒瓶を咥《くわ》えたまま、完全に意識を失っている。

「ったく、アルンキーツってば、弱いくせに飲むのが大好きなんだから」

アルンキーツの隣に座っているガッポリウーハーが、ケタケタ笑いながらコップの酒を口にした。

荷馬車魔人のアルンキーツと、屋敷魔人のガッポリウーハー。

二人は、互いに稀少種族ということもあり、金髪勇者一行に加わる以前から旧知の仲であり、非常に仲がよかった。

（……しっかし、あれだなぁ……アルンキーツとこうしてのんびり酒を楽しめる日が来るなんてねぇ……金髪勇者様の一行に加わる前って、お互い賞金稼ぎに追われまくってたもんなぁ……）

過去の事を思い出しながら、ガッポリウーハーはコップの酒を一気に飲み干した。

その隣で、すっかり出来上がっているヴァランタインが、金髪勇者にしなだれかかっていた。

「ちなみに金髪勇者様ぁ、この酒をぉ、ここの湖の水で割るとぉなかなかいけるんですよぉ」

「う、うむ？　そうなのか？」

「えぇ、例のエナジーっていうんですかねぇ。それが五臓六腑《ごぞうろっぷ》に染み渡る感じがしてぇ、なんかこう、体の奥底から力が溢《あふ》れてくるっていいますかぁ……うふふ」

ヴァランタインは艶っぽい笑みを浮かべながら金髪勇者に自らの胸を押し当てる。

「お、おい、ヴァランタインよ……酒を湖の水で割ると美味《うま》いのはわかったが……その、なんだ……お前、何か当たってて……」

「いやですわぁ、当たっているのではありません。当ててるんですよぉ」

金髪勇者の腕を取り、さらに胸を押し当てる。

「う、うむ……幼女形態ならともかく、今のヴァランタインにこのような事をされてはだな……」

その顔に、困惑と歓喜の入り交じった表情を浮かべつつ、にじりよってくるヴァランタインを押し戻そうとする金髪勇者。

そんな金髪勇者とヴァランタインの間に、

「もう！　ヴァランタイン様ってば、悪酔いしすぎですぅ！」

ツーヤが強引に体を割り込ませた。

「あらやだぁ、ツーヤ様ってばぁ、せっかくいいところでしたのにぃ、邪魔しないでくださぁい」

すっかり良い気分になっているヴァランタインは、今度はツーヤに抱きついていく。

「ちょ!? ヴァ、ヴァランタイン様!? 何してるんですかぁ!?」

困惑するツーヤに抱きついたヴァランタインは、ツーヤの胸の谷間に自らの顔を押し当てた。

「ひゃあ!? い、一体何をぉ」

「あははぁ、ここ、気持ちいいですわぁ。温かくてぇ、柔らかくてぇ」

「ちょ、ちょっとぉ、それって褒めてるんですかぁ!?」

「褒めているに決まっているではありませんかぁ、あははぁ」

顔を真っ赤にしながら、ヴァランタインとツーヤが押し問答を繰り広げる。

そんな二人のやり取りを、金髪勇者はジッと見つめていた。

(……こ、この二人……い、一体何をしているんだ……けしからん……)

困惑しながらも、その視線を二人からはずせずにいた。

(……わ、私も顔を埋《うず》めてみた……い、いや、私はいったい何を考えて……ん?)


その時だった。

二人のやり取りを凝視していた金髪勇者は、違和感を覚えて目を凝らす。

視界の中央には、ツーヤの胸に顔を埋めてはしゃいでいるヴァランタインの姿。

しかし、その端、ツーヤの後方で何かが動いている。

「な、なんだ、あれは……」

視線を上げた金髪勇者。

その視線の先に、

巨大な魔獣がいた。

「な!?」

金髪勇者が目を見開いて立ち上がる。

キシャアアアアアアア!

蛇型をしているその魔獣は一鳴きすると、大きく口を開け、金髪勇者達に向かって顔を振り下ろした。

「ちょ!? 貴様、不意打ちとは卑怯《ひきょう》な!」

金髪勇者が慌てて駆け出し、ツーヤ達の前に立ち塞がる。

手にドリルブルドーザースコップを持ち、蛇の魔獣と対峙《たいじ》する。

しかし、

蛇の魔獣は、お構いなしとばかりに金髪勇者へ向かって首を振り下ろした。

「ふん！」

気合い一閃《いっせん》、ドリルブルドーザースコップで蛇の魔獣の顔面を横から殴りつける。

蛇の魔獣は、一瞬ひるんだものの、体勢を立て直すと金髪勇者を睨み付けた。

金髪勇者は改めてドリルブルドーザースコップを構え直す。

「お、おいみんな、早く加勢しないか！」

後方に向かって声をかける。

その視線の先では……

大の字になって眠り続けているアルンキーツ。

「むにゃ……もう食べられない……」

そんなアルンキーツを、抱き枕代わりにして寝息をたてているガッポリウーハー。

「もぅ、気持ちいいからもっと触らせてぇ」

「だからぁ、そういうのはよくないと思うんですぅ」

逃げるツーヤと、それを追いかけるヴァランタイン。

二人の姿は、すでに金髪勇者からかなり離れた場所にあり、蛇の魔獣にはまったく気づいていない様子だった。

「んな……」

その光景に、金髪勇者が目を丸くする。

「せ、戦力にならないツーヤとガッポリウーハーはともかくとして……ヴァランタインとアルンキーツが……リリアンジュの姿もないではないか……」

その額に、滝のような汗が流れる。

べろん

その汗を、何かが舐めた。

視線を戻すと、口の先からチロチロと舌を出した蛇の魔獣の顔が眼前にあった。

金髪勇者の動きが思いがけず止まった。

「こ、こういう時は……これしかあるまい」

一度大きく深呼吸し、動かない体を無理矢理ほぐす。

そして、改めて蛇の魔獣へ視線を向け、

「いいか、魔獣よ……これをよく見るのだ……」

右手の人差し指を、蛇の魔獣へと向ける。


グァ？


蛇の魔獣は、困惑した様子で突き出された指を凝視する。

その意識が、自らの指先に集中している事を確認した金髪勇者は、

「はぁ！」

気合いの入った声とともに、蛇の魔獣の眼前で両手をパーンと叩いた。

予想外の出来事だったのか、蛇の魔獣は思わず目を閉じる。


しばしの間。


ゆっくりと目を開けた蛇の魔獣。

その眼前からは金髪勇者の姿が消えていた。

グ、グァ!?

蛇の魔獣は困惑した様子で首をもたげ、周囲を見回す。

金髪勇者を探しているのか、巨体を揺すりながら周囲を移動し始める。

それでも、金髪勇者の姿はみつからない。

すると、

「はっはっは！　待たせたな」

蛇の魔獣の後方、岩の陰から金髪勇者が姿を現した。

腰に手をあて、胸を張り、蛇の魔獣に向かって高笑いをあげる。

……もっとも……


口の端は引きつり、体中を冷や汗が伝っていた。

それを蛇の魔獣に悟られないように、金髪勇者は必死に虚勢を張っていた。

（……とにかく、だ……アルンキーツとガッポリウーハーは、穴を掘って隠しておいたし、後はツーヤ達が向かった方角へ行かせなければ……）

思考を巡らせながら、金髪勇者はゴクリと生唾を飲み込む。

「さぁ、魔獣よ！　お前の敵はこの私だ！　ついてくるがよい！」

声を張り上げると、岩から飛び降りて駆け出す。

その方角は、先ほどツーヤとヴァランタインが駆けていった方角とは真逆の方角である。


グアアアアアアア！


蛇の魔獣は咆哮《ほうこう》しながら金髪勇者の後を追いかけていく。

巨体にもかかわらず、器用に体をくねらせながら高速で移動する。

「まったく……なんでそんなに早く動けるのだ、貴様はぁ！」

絶叫に近い叫び声をあげながらも、岩場を利用し、どうにか蛇の魔獣との距離を保つ。

（……とにかくだ……まずはヤツをここから引き離さないことにはだな……）

懸命に走りながら、魔法袋からドリルブルドーザースコップを取り出す。

「最後は、お前が頼りだ……頼むぞ相棒」

金髪勇者の言葉に応えるかのように、ドリルブルドーザースコップが輝く。


逃げる金髪勇者。

追う蛇の魔獣。


蛇の魔獣が金髪勇者を喰《く》らおうと首を伸ばすたび、時に飛び、時に転がりながら、間一髪で難を逃れる。

「くそう……これでは落とし穴を掘る間がないではないか……」

歯を食いしばり、必死になって逃げ続けているものの、蛇の魔獣は金髪勇者の真後ろにまで迫っていた。

「こうなったら、あそこの隙間に……」

前方の洞窟の壁に、亀裂を発見した金髪勇者は、その中へと駆け込んでいく。

「ぬぁ!?」

目を丸くし、金髪勇者がその場で足を止める。

そこは、行き止まりだった。


「い、いかん！」

慌てて振り返る。

しかし、そこにはすでに蛇の魔獣の姿があった。

蛇の魔獣は巨大な体で隙間を完全に塞いでおり、すり抜ける事は不可能だった。

「……っく」

歯噛《はが》みしながらも、ドリルブルドーザースコップを構える。

そんな金髪勇者の前で、蛇の魔獣は首をもたげながら大きく口を開けている。

金髪勇者の額を汗が伝った。

（……どうする、穴を掘ろうにも、先ほどいた湖岸と違い、ここの足元は岩場だ……いくらドリルブルドーザースコップといえども掘り進めることはできまい……）

必死に思考を巡らせる。

（……考えろ……考えるんだ……わ、私はこんなところで死んでいい人種族ではない……私は……私は……私はぁ……）

「私はぁぁぁぁ！　金髪勇者なんだぁぁぁぁぁぁぁぁぁぁぁ！」

声を張り上げる金髪勇者。

その時、金髪勇者が手にしているドリルブルドーザースコップが輝きを増した。

「……ぬ」

金髪勇者がその視線を、ドリルブルドーザースコップへ向ける。

ドリルブルドーザースコップの輝きは、まるで、

『俺を信じろ』

と言っているかのようだった。


グァァァ！


蛇の魔獣が咆哮とともに首を振り下ろす。

「……うむ、ここはこの手しかあるまい！　頼んだぞドリルブルドーザースコップ！」

金髪勇者がドリルブルドーザースコップを岩場に突き立てる。

「うおおおおおおおおおおおおおおおおおおお！」

気合い一閃、自らの足元に向かってドリルブルドーザースコップを振るった。

蛇の魔獣の牙が金髪勇者に迫る。

それでも、金髪勇者は止まることなくドリルブルドーザースコップを動かす。

ドリルブルドーザースコップを振るうたび、足元の岩場がえぐれていき、体がどんどん地下に消えていく。

瞬間、蛇の魔獣の牙が金髪勇者の肩をかすめる。

「くっ」

痛みに金髪勇者の表情が険しくなる。

それでも、ドリルブルドーザースコップを動かす手を止めることはない。

それどころか、

「負けるかああああああああ!」

気合いを入れ直し、ドリルブルドーザースコップを振るう速度をさらに上げていく。


グァ!


再び金髪勇者に襲いかかろうとする蛇の魔獣。

しかし、ドリルブルドーザースコップによって掘り出された岩の欠片《かけら》が飛んでくるせいで、穴へ近づくことが出来ない。

どうにかして金髪勇者を喰らおうと、蛇の魔獣は体をくねらせる。

しかし、ただでさえ狭い隙間に自らの巨体をねじ込ませているため、思うように動けない。


グ……グ……

蛇の魔獣が困惑したような鳴き声をあげる。

「うおおおおおおおお！」

その眼前の岩盤を、気合いもろともさらに掘り進めていく。

そんな金髪勇者の視界がぐにゃりと曲がった。

「な、なんだ……？」

いきなりの出来事に金髪勇者が困惑の声をあげる。

体がしびれ、思うように動かなくなっていく。

ドリルブルドーザースコップを岩盤に突き立てたまま、その場で膝をついてしまう。

「い、いったいなにが……」

その視界の端に、自らの右肩が見えた。

鋭利な刃物で切り裂かれたかのように破れ、そこから血があふれ出している。

「……こ、これは……さっきの牙が当たった場所……」

ハッとなり、目を見開いた。

「まさか……毒か……」

両膝をつき、ドリルブルドーザースコップにもたれたままピクリともしない。

（……い、息が出来ぬ……し、視界がかすむ……か、体が言うことをきかぬ……）

金髪勇者の意識が急速に薄れていく。

その脳裏に、ツーヤの顔が浮かんだ。

（……あぁ、ツーヤか……お前には苦労ばかりかけたな……お前も、私なんかの従者にならなければ……もっと良い思いが……）

金髪勇者様ぁ……

（……そうだな……お前にはもっと良い思いをさせてやりたかったのだが……）

金髪勇者様ぁ……そこにいるのですかぁ!?

（……あぁ、私はここにいる……ツーヤよ、本当にお前には世話に……）

「金髪勇者様がそこにいるんでしょ！　どきなさいよぉ！」

「……は？」

薄れゆく意識の中、いきなり鮮明に聞こえてきたツーヤの声に、ハッとする金髪勇者。

頭上を見上げると、蛇の魔獣が、後方を振り返ろうともがいている姿があった。

その後方から聞こえてくるのは、

「そこをどきなさいぃ！　金髪勇者様をお助けするんだからぁ！」

間違いなくツーヤの声だった。

（……つ、ツーヤ……なぜここに……）

困惑しながらも、金髪勇者はどうにか立ち上がる。

その頭上では、どうにかして反転しようとしている蛇の魔獣の姿があった。

（……い、いかん……このままではツーヤが……）

その時、ドリルブルドーザースコップが再び輝きを増していく。

「ど、ドリルブルドーザースコップよ……私に掘れというのか……」

金髪勇者の言葉に応えるかのように、ドリルブルドーザースコップが再び輝く。

「……ふ、ふふふ……わかったぞ、ドリルブルドーザースコップよ……掘ってやろうではないか……」

立ち上がり、再びドリルブルドーザースコップを振り上げ、

「私は……私は……」

息を吸い込み、震える足を踏ん張り、

「私は、金髪勇者だぁ！」

渾身《こんしん》の力を込めて、ドリルブルドーザースコップを地面に叩き付けた。

ドリルブルドーザースコップの先端が、岩盤に深く突き刺さる。


ビキッ……


ドリルブルドーザースコップを中心に、岩盤に亀裂が入っていく。

その亀裂は徐々に大きくなっていき、そして、周囲一帯がいきなり崩落した。

「な、なんだ……？」

金髪勇者が薄れている視界で周囲を見回す。

その周囲の岩盤が次々に落下していく。

金髪勇者の周囲の岩盤が雪崩のように崩れていき、金髪勇者は岩盤と一緒に落下していく。

グァァァァァァァ

穴の上部にいた、蛇の魔獣までもが、岩盤と一緒に落下していく。

金髪勇者は薄れゆく意識の中で、その光景を見つめていた。

「き、金髪勇者様ぁぁぁぁぁぁぁぁ」

その頭上から、女の声が聞こえてきた。

「……う、うむ……そ、その声は……ツーヤか？」

金髪勇者が見上げると、岩盤に紛れてツーヤが落下してくるのが見えた。

ツーヤは必死の形相で、金髪勇者に向かってまっすぐ落下してくる。

両腕で金髪勇者の首のあたりに抱きつくと、二人はそのまま岩盤の上に倒れ込んでいく。

岩盤が次々と落下する中、岩盤の上に倒れ込む金髪勇者を守るように、ツーヤはその体の上に覆い被《かぶ》さった。

その周囲では、轟音が響き続けていた。

◇◇◇

「……う、ん……」

ゆっくりと目を開ける金髪勇者。

「「「金髪勇者様！」」」

それに気がついた金髪勇者一行の面々が、一斉にその顔をのぞき込んだ。

「……こ、ここは……」

金髪勇者が頭を押さえながら上半身を起こす。

「金髪勇者様ぁ！　生きててよかったぁぁぁぁぁぁぁぁぁ」

そんな金髪勇者に、ツーヤが抱きついた。

「うぉ!?」

まだ体に力が入らない金髪勇者は、ツーヤに押し倒されるように再び倒れ込む。

ツーヤはそんな金髪勇者の首に抱きついたまま泣き崩れていた。

その後方では、ヴァランタインやガッポリウーハー、アルンキーツの姿があり、皆、金髪勇者が意識を取り戻したことに歓喜の涙を流していた。

「ま、まてまてまて……い、いったい何があったというのだ？」

困惑した表情を浮かべる金髪勇者に抱きついていたツーヤが、ゆっくりと体を離していく。

「覚えていらっしゃらないのも当然ですぅ。何しろ金髪勇者様はぁ、あの蛇の魔獣の毒のせいで、死んじゃう一歩手前だったんですからぁ」

涙声のツーヤが、金髪勇者に語りかける。

その言葉を受けて、金髪勇者の脳裏に先の光景が蘇《よみがえ》ってきた。

「……あの時、私がドリルブルドーザースコップを振るった影響で、周囲の岩盤が崩れ去って……

その後、ツーヤが降って来たところまでは覚えているのだが……」

「いやぁ、ありゃ本当にすごかった。なんか、金髪勇者様の周囲だけが一斉に崩れ落ちていったんですからねぇ」

「私の周囲だけ……だと?」

ガッポリウーハーの言葉に、ハッとなる金髪勇者。

その視線を、自らの腰の魔法袋へ向けた。

その中には、ドリルブルドーザースコップが収納されているのがわかった。

(……そうか……あの時、私を守って、周囲だけを崩してくれたのか……)

「そうそう。それで、あの蛇の魔獣も地下世界に向かって落ちていったのでありますが、あの湖には、他にも生き物がいたようでありまして、そいつらも一緒に地下世界へ落ちていったのでありますな」

「そうそう、なんか青い龍とかもいたよな。そいつらが一斉に落ちていく様子……いやぁ、あれは本当にすごかった」

金髪勇者の後方で、ガッポリウーハーとアルンキーツがうんうんと頷《うなず》きあっている。

「地下世界……だと?」

二人の言葉に、金髪勇者がさらに困惑する。

そんな金髪勇者に、今度はヴァランタインが顔を近づけた。

「えぇ、ほら、あそこですわぁ」

そう言ってヴァランタインが下の方を指さす。

金髪勇者が、その指先へ視線を向けると……

「……な、なんだこの光景は……」

目を見開き、思わず生唾を飲み込んだ。

その時、金髪勇者は、自分達が岩盤の端にいる事に気がついた。


金髪勇者のすぐ隣の岩盤はごっそりとなくなっており、そこには、不思議な空間が広がっていた。

周囲に、球状の世界がいくつも存在しており、それらがゆっくりと移動しているのがわかる。

金髪勇者達の真下には、動いていない空間が広がっており、金髪勇者達が存在している岩盤は、その上部に浮遊するような形になっていた。


想像を絶する光景を前にして、目を丸くしたまま固まる。

そんな金髪勇者に、ヴァランタインが笑いかけた。

「このクライロード世界が、神界の下部に存在している球状世界の一つであるのは、金髪勇者様もご存じでしょう？　私達がいた地底湖は、そんな球状世界の最下層だったみたいでしてぇ、金髪勇者様が、その底をぶち抜かれてしまったものですから、クライロード世界の周囲を漂っている他の球状世界が見えちゃったみたいなんですねぇ。それで、真下にあるのが、ドゴログマと言われている地下世界です。ここは球状世界が存在している空間の最下層に存在しているものですから、動くことはないんです。で、岩盤が崩壊して、落下したあの蛇の魔獣達は、みぃんなあそこに落ちちゃったみたいですわぁ」

（……き、球状世界とか、地下世界とか言われても……さっぱりわからないのだが……）

「……ヴァ、ヴァランタインよ……お前、やけに詳しいのだな」

「えぇ、だって私、元とはいえ邪界で十二神将を務めておりましたから、他の球状世界を攻め滅ぼしに出向いたりしておりましたので」

「せ、攻め……」

ヴァランタインの言葉に、金髪勇者は一瞬言葉を失う。

「ご、ごほん……そ、それはそれとして……目の前の状況は理解したのだが……私は、どうして生き延びる事が出来たのだ？　確か、あの蛇の魔獣の毒のせいで……」

両手で自らの体の状態を確認する。

「あ、それはですねぇ。あの湖の水のおかげなんですよぉ」

「湖の……って、あぁ!?」

ツーヤの言葉に、金髪勇者は思わず手をうった。

「そういえば、高値で売れるかもしれぬからと……」

「はいぃ、魔法袋に収納しておいたアレを、金髪勇者様に飲んで頂きましたところ……」

「想像以上に効果がありまして、金髪勇者様の体の毒素まですっかり消し去ってくれたであります」

ツーヤの隣で、アルンキーツがうんうんと頷く。

「いやぁ、それにしても、金髪勇者様に水を飲ませるのも一苦労だったんですよぉ」

ガッポリウーハーが頭の後ろで腕を組んで苦笑している。

「そうですねぇ、誰が最初に金髪勇者様に水を飲ませるか……みんなでバチバチしすぎちゃってぇ、金髪勇者様があやうく死んじゃいかけちゃったんですものぉ」

ヴァランタインがクスクスと笑った。


なぜか皆、一様に頬を赤く染めている。


「そうか……それは手間をかけてしまい申し訳なかった……って、ちょっと待て」

一同にお礼を言いかけたところで、金髪勇者は手を止めた。

「水を飲ませる……と、いうのは……」

「えぇ、ですからぁ、金髪勇者様ってば、意識を失っておられましたのでぇ……みんなで交代交代に……口で」

「ぶふぅ！」

ツーヤの言葉に、金髪勇者は思わず吹き出した。

「あぁ!?　き、金髪勇者様ぁ、大丈夫ですかぁ!?」

咳《せ》き込む金髪勇者を、皆が心配そうに見つめる。

周囲に、一同の声が響いていった。

◇◇◇

「……こ、これはいったい……」

戻ってきたリリアンジュは、目を丸くしたまま固まっていた。

そこは、先ほどまで金髪勇者達が休憩していた場所なのだが……

「せ、拙者が、食べ物を探しに行っている間に、何があったのでござるか？　誰もいないだけでなく、湖の水が全部なくなっているでござるとは……」

両手一杯に、洞窟内で収穫した食べ物を抱えたまま、リリアンジュはしばしその場に立ちつくしていた。

◇ホウタウの街・フリオ宅にゾフィナ宅◇

この日、フリオ宅にゾフィナが訪れていた。

「では、この期間でドゴログマに生息している厄災魔獣の討伐をお願いします」

「了解しました」

ゾフィナの言葉に、いつもの飄々《ひょうひょう》とした笑みでフリオが頷《うなず》く。

「……それにしても、今回はずいぶん長期間認めてもらえるんですね。いつもなら二、三日、長くても一週間くらいなのに、今回は一ヶ月なんて……」

フリオの言葉に、ゾフィナはその顔に苦笑を浮かべた。

「なんと申しますか……最近、複数の球状世界で厄災魔獣の大増殖が頻発しておりまして……厄災魔獣を捕縛してはドゴログマへ移送しているのですが……そのせいでドゴログマがどうにもひどい状態になっているようでして……最近はフリオ殿も出向かれていませんでしたので、厄災魔獣を狩る者もいませんでしたから」

「そういえば、最近はフリース雑貨店の仕事が忙しくて、ドゴログマに出向く余裕がなかったものですから」

「いえ、その……決して責めているわけではないのですが、フリオ殿に駆除をお願いできたらと思っている次第でして……我々神界の使徒は、厄災魔獣を捕縛することは可能なのですが、駆除するとなると……いえ、出来ないわけではないのですが、相当量の魔力を必要とするため、仕事に支障をきたしてしまうと申しますか……」

ゾフィナはばつの悪そうな表情を浮かべ、フリオに向かって軽く頭を下げる。

「それは問題ないですよ。と、いいますか、粉薬や他の魔法薬の材料を入手出来ますので、こちらとしてもありがたいお話ですので」

「そう言っていただけますと、こちらとしても助かります」

フリオの言葉に、ゾフィナは再度頭を下げた。

そんなフリオの後方から、ワインがひょこっと顔を出す。

「パパン、お出かけ？　お出かけ？」

「あ、うん。ちょっとドゴログマに行くんだけど、ワインも行くか……」

言葉途中のフリオに、思いっきりワインが飛びついた。

「行くの！　パパンと一緒に行くの！」

フリオに抱きつき、思いっきり頬を擦り寄せる。

ちなみに……

最初に抱きついただけで、普通の人種族であれば上半身の骨という骨が粉砕されていてもおかしくないほどの衝撃があり、その後の頬ずりにしても、まったく手加減がされていないため……

「あ、あの……フリオ殿……だ、大丈夫なのですか？」

心配そうな表情のゾフィナに、フリオは、

「あ、はい。いつものことですので」

苦笑を浮かべながら、ゾフィナへ視線を向けていた。

◇ホウタウの街・フリオ宅・数刻後◇

フリオ家では、

『都合のつく人は、ドゴログマに行かない？』

との、フリオの提案を受けて、

「もちろんお供致しますわ！」

真っ先に挙手したリースを筆頭に、皆がワイワイと準備をしているところだった。

「最近、忙しくてあまりお出かけとかしてなかったから、みんな楽しそうだな」

フリオが皆の笑顔を見つめながら満足そうに頷く。

その隣で、ゾフィナも笑顔で頷いていた。

「いや、本当に……フリオ殿には本当に助かっております」

「と、いいますと？」

フリオの言葉を受けて、何度か周囲を確認したゾフィナは、フリオの耳元に口を寄せた。

「いえね……他の球状世界に、神界の許諾を得ることなく、自分の都合でドゴログマに出入りしている魔導士がいて、神界でもちょっと問題になっているんですよ」

「なるほど」

ゾフィナの言葉に苦笑するフリオ。

（……神界の人たちも苦労しているんだなぁ）

「少なくとも、お手間をかけさせるようなことはしませんので、ご安心ください」

「そういっていただけると、本当に助かります」

フリオの言葉に、ゾフィナが深々と頭を下げる。

そんな二人の元に、リースがずかずかと駆け寄ってくる。

「ちょっと！　そこのゾフィナさん！　私が準備で忙しい隙をついて、旦那様に色目を使ってやがるのですか？」

「い、いえ、そんな事は……」

「とにかく、必要以上に近いのはダメなんです！　旦那様は私の旦那様なのですからね！」

フリオの腕に抱きつき、牙狼《がろう》族の牙をむき出しにしてゾフィナを威嚇する。

そんなリースに対し、ゾフィナは額から冷や汗を流しながら必死に弁解していた。

その様子を、エリナーザが少し離れた場所で見つめていた。

（……そっか、勝手に他の世界に移動したら大変なんだ……でもまぁ、ばれなければ……）

その口元に、不敵な笑みが浮かんでいることに気がついた人は、誰もいなかった。

◇数刻後◇

フリオ家の玄関前にエリナーザが姿を現した。

いつもの、研究中に愛用している私服を身にまとっている。

エリナーザに気がついたフリオが、その顔にいつもの飄々とした笑みを浮かべながら右手をあげる。

「エリナーザ。忙しいところ申し訳ないけど、ワインと一緒にみんなのお世話をよろしく頼むね」

「えぇ、他ならぬパパのお願いですもの。ドゴログマでのことは安心して私たちに任せて、パパは早く仕事を終わらせることに集中してくださいね」

フリオの言葉に、エリナーザはにっこり微笑《ほほえ》んだ。

「私も、家の事が片付き次第かけつけますからね」

「うん、待ってるわ、ママ」

リースとエリナーザが笑顔で抱き合う。

そこに、

「ワインも！　ワインもまぜて！」

空から出現したワインが、リースとエリナーザの頭上めがけて満面の笑みを浮かべながら落下してきた。

しかし、

「「きゃあ!?」」

同時に悲鳴をあげ、リースとエリナーザは慌てて後方に飛びすさる。

抱きつく目標を失ったワインは二人の眼前の地面に頭から突き刺さった。

腰のあたりまで突き刺さってしまったワインを前にして、

「あ、あの……ワイン？」

「だ、大丈夫？　ワイン姉さん……」

リースとエリナーザも、おずおずと声をかけていく。

そんな二人の前で、足をじたばたさせたワインは、その勢いで穴から抜け出した。

「ぷはぁ……もう！　ママンも、エリエリも、ひどいの！　ひどいの！　ワインも一緒にだっこしたかったのにぃ」

プゥッと頬を膨らませる。

そんなワインの様子に、

「……どうやら、この様子だと、大丈夫みたいね」

「うん、そうみたい」

顔を見合わせたリースとエリナーザは、互いに笑いあった。

そんな一同の様子を、フリオはいつもの飄々とした笑みを浮かべながら見つめていた。

右手を伸ばし、小さく詠唱して、地面の上に魔法陣を展開させていく。

程なくして、魔法陣が安定し、中からドアが出現する。

そのドアに向かって、フリオはさらに魔法を重ねがけしていく。

（……今回は期間が長いから、安定魔法をしっかりかけておかないと……あと、我が家の関係者以外の人が使用出来ないようにロックもかけて……あと……）

そんなフリオを見つめながら、ベラノは目を丸くしていた。

——ベラノ。

元クライロード城の騎士団所属の魔法使い。

小柄で人見知り。防御魔法しか使用出来ない。

今は騎士団を辞め、フリオ家に居候しながらホウタウ魔法学校の教師をしている。

ミニリオと結婚し、ベラリオを産んだ。

（……あ、あんなに魔法……いっぱいかけられるなんて……）

困惑しているベラノの前で、フリオはさらに魔法を重ねていく。

（……しかも、知らない魔法がいっぱい……や、やっぱりフリオ様はすごい……）

フリオの手元を見つめながら、フリオの作業にひたすら見入っていた。

ちなみに、ホウタウ魔法学校で教員をしているベラノだが、この度新たに学年主任を務めることになっていた。

◇◇◇

程なくして……

完成した転移ドアの前に、ドゴログマへ出向く第一陣のメンバーが集まっていた。

「じゃあベラノ。悪いけどみんなのお世話をよろしく頼むね」

フリオがいつもの飄々とした笑みを浮かべる。

その視線の先で、ベラノは、

「……わ、わかりました……が、がんばりましゅ」

緊張した面持ちのまま、大きく頷く。

緊張しすぎて、最後噛《か》んだことに気がついていないのはご愛敬《あいきょう》といえた。

(……わわわ、私なんかがお世話役で大丈夫なのかな……ししし、しかも今回はメンバーの中に第三王女様がいらっしゃるというのに……)

ベラノが思案しているとおり……

第一陣のメンバーの中には、リルナーザと仲良く話をしている第三王女ことスワンの姿があった。

(……もも、もし私の不注意で、第三王女様が怪我《けが》でもしてしまったら、フリオ様の責任問題になりかねない……)

緊張の度合いがどんどん高まり、ついには気分が悪くなってしまったらしく、青い顔をして口を元を押さえていた。

すると、そんな彼女の右からミニリオが、左からベラリオがそっと寄り添った。

――ミニリオ。

フリオが試験的に産みだした魔人形。

フリオを子供にしたような容姿をしているためミニリオと名付けられ魔法学校でベラノの補佐をしている。

ベラノのお手伝いをしているうちに仲良くなり、今はベラノの夫でベラリオの父。

――ベラリオ。

ミニリオとベラノの子供。

魔人形と人族の子供という非常に稀少《きしょう》な存在。

容姿はミニリオ同様フリオを幼くした感じになっている。

中性的なため性別が不明。

ミニリオは、ベラノが気分が悪くなっているのを察して、左手を背中にあてた。

その手の先に魔法陣が展開し、同時にベラノの体が光り輝いていく。

ミニリオの治癒魔法のおかげで落ち着いたのか、ベラノの表情が普通に戻っていく。

「……あ、ありがと……」

お礼を言うベラノに、ミニリオとベラリオがにっこり微笑む。

そんな二人に、ベラノも笑顔を返した。

「……うん、二人もいるし……きっと大丈夫、うん……」

両手の拳を握り、気合いを入れ直すベラノ。


「じゃあ、行こうか」

そう言うと、フリオは先頭に立って転移ドアをくぐった。

その後を、まずベラノ一家。

次にリルナーザとスワン。

その後に、サベア一家とタベア、そしてリルナーザのお友達の魔獣達《たち》が続いていく。

「わはぁ、みんないっぱい！　いっぱい！」

魔獣達がたくさん続いていくのを、ワインが楽しそうに眺めている。

そんなワインの後方から、リースが笑顔で続く。

「ワインはお姉さんなんですから、魔獣達の面倒も見てあげてくださいね」

「わかったのママン！　ワインお姉さんなの！　頑張るの！」

頷いてリースへと抱きつくが、ふと周囲を見回した。

「ママン、ガリガリとエリエリは？　フォルフォルとゴロゴロは？」

怪訝《けげん》そうな表情を浮かべながら、リースを見つめる。

「フォルミナとゴーロは学校があるから夜から参加するわ。ガリルは騎士団の仕事があるから、いつから参加出来るかちょっとわからないみたい。エリナーザは素材集めに出かけているから、戻り次第合流すると思うわ」

「そっか……そっかぁ……」

途端に、それまで元気いっぱいだったワインのテンションが下がっていく。

（……あぁ、そっか……ガリル達と一緒にすごせると思っていたから……）

ワインの心情を察したリースは、その肩に優しく手をのせ、一緒に転移ドアをくぐっていく。

「大丈夫よ、ワイン。私も家の事が片付き次第、すぐにまいりますから。その時は一緒に狩りに行きましょう」

「……うん、ありがと、ママン」

リースの言葉に、にっこり微笑むワイン。

それでも、どこか寂しそうな表情のワインだった。


そんなワインの様子を、フリオも複雑な表情で見つめていた。

（……就職や入学とかで、みんなが新生活をスタートさせているけど、ワイン的には、その変化にまだついていけていないみたいなんだよな……同族の友達でもいれば違うのかもしれないけど、龍族って稀少な種族らしいし……）

フリオは、思案を巡らせながら、リースに甘えているワインの様子を見つめ続けていた。

◇◇◇

地下世界ドゴログマ……

すべての球状世界の下部に存在しており、球状世界とは違い専属の管理者はおらず、神界の使徒が当番制で管理している。

「ここに集められている厄災魔獣を捕縛するわけだけど……」

転移ドアをくぐったフリオは、首をひねった。

フリオが作成した転移ドアは、ドゴログマの中央付近に存在している湖のほとりに続いている。

そこには、大きな滝があり、その滝の裏にフリオがドゴログマ滞在用に建築した石造りの別荘が存在していた。

神界の使徒では討伐出来ない厄災魔獣の対処を請け負っているフリオだからこそ建設を許可されているこの別荘。

三階建てにまで増築されているこの別荘の屋根の上には、ガーゴイル像が設置されており、許可のない者が別荘に近づいた際に起動し、警告・排除を行うように設計されている。家の中には、エリナーザが作成した魔人形が存在しており、毎日屋内の清掃を担当している。

ベラノを先頭に、別荘へ向かっている面々を見つめながら、フリオは転移ドアをくぐったところで足を止めていた。

フリオが視線を湖に向ける。

（……気のせいかな……いつも来ている場所だけど……今日は何か違うような気が……）

フリオが右手を湖に向かって伸ばし、魔法陣を展開して、気配を察知しようとする。

しかし、ドゴログマには厄災魔獣という、一体だけでひとつの球状世界を壊滅させてしまうことが出来るほどの強大な力を持った魔獣達が複数存在しており、その気配のせいか、フリオの索敵魔法をもってしても、正確な状況が把握出来なかった。

「……おかしいな……いくら厄災魔獣の気配があるからといって、この反応は普通じゃないというか……」

自らの目の前に表示されているウインドウを見つめながら首をひねるフリオ。

そこには、フリオが展開している索敵魔法の索敵結果が表示されているのだが、そこには、

『?・?・?・魔獣：クライロード世界
ヒュリドヴァーラナナ＊＊＊
＊＊＊＊＊＊＊＊＊＊＊』

ほとんどの内容が不明状態で表示されていた。

「……この表示からして、僕達の世界の魔獣がいるみたいだけど……なんでこんな表示になっているんだろう？」

困惑しながら右手に力を込め、魔力を高めて、索敵能力を向上させていく。

そんなフリオの元に、ワインがテテテと駆けてくる。

「ねぇ、パパン。何か変、変」

湖とフリオを交互に見つめながら、ワインが首をひねる。

「そっか……ワインも何かおかしいって感じるんだね」

「あのね、あそこ……」

「あそこ？」

「何かいる、いる」

「何か？」

ワインは湖の一角をしきりに指さし、眉間にシワを寄せながら目をこらしている。

フリオもまた、ワインが指さしている先へ視線を向けた。

（……あのあたり……湖畔に近いあたりだけど……あのあたりの木々がなぎ倒されているような……前に来た時はあんな事にはなっていなかったはず……何かが落ちて来た？……何が？）

ワインと頬を合わせながら、湖の一角へ視線を向けているフリオ。

「旦那様、どうかなさいましたか？」

そこに、リースが歩み寄ってくる。

「パパ、どうかしたのですか?」

続いて、リルナーザも駆け寄ってきた。

「あ、あの……どうかなさったのですかん?」

スワンがそのすぐ後に続いてくる。

スワンはまだ魔獣に対して完全に慣れたわけではない。

それでも、フリオ家で一緒に暮らしているサベア一家の存在には慣れてきており、今もリルナーザの後を追いかけてきたサベア一家の面々が、リルナーザとスワンの二人を囲むようにして集合しても、以前のように硬直したり悲鳴をあげたりすることはなくなっていた。

さらにそこにベラノ一家の面々が歩み寄ってくる。

そんな一同が、湖の一角を見つめていると、

ザバァ!


湖の中から、複数の魔獣が飛び出してきた。

最初に、青い龍の魔獣が首から上を湖面から突き出し、その龍と対峙《たいじ》するように巨大な蛇の魔獣も湖面に突き出した首をもたげた。

『まったく、しつこい……いい加減にして』

青い龍がイラついたような声を発し、身構える。

そんな青い龍を前にして、巨大な蛇の魔獣は大きな口を開け、青い龍を威嚇し続けている。


「あの蛇の魔獣って……クライロード世界に出現しているヤツの仲間みたいだけど……」

「それにしては、大きすぎませんこと?」

フリオの言葉に、リースが首をひねる。


その横ではベラノが防御魔法を展開していた。

(……だ、第三王女様を守らないと……)

ベラノが両手を伸ばして詠唱する。

それに呼応して、リルナーザとスワン、そして魔獣達の周囲にドーム型の防壁が展開していく。

フリオは、再び索敵魔法を展開していく。
すると、
『厄災魔獣ヒュドラナ:クライロード世界
水龍族《リヴァイアサン》リヴァーナ:クライロード世界』
今度は、正確な情報がウインドウに表示されていた。
「……ひょっとして、さっきは二体が近すぎたから、表示がおかしくなっていたのかもしれないな」

　ウインドウを見つめながら、フリオは納得したように頷く。

　そんな一同の視線の先では、

　グァァァ！


　蛇の魔獣――ヒュドラナが大きな口を開けたまま青い龍――リヴァーナに向かって突進していく。

　湖の中、ヒュドラナは巨体で湖面を巧みに走り、高速でリヴァーナに肉薄する。

　それを、間一髪でかわすリヴァーナ。

　しかし、ヒュドラナの牙がリヴァーナの皮膚の一部を引き裂いた。

『くっ……毒……』

　リヴァーナは忌々しそうに吐き捨てながら、水の中を移動する。

　その体には無数の傷がついており、水の中でヒュドラナと戦っていた事を示唆していた。

　そして、体格で劣るリヴァーナが、ヒュドラナに圧倒されているのは誰の目にも明らかだった。

『……地底湖から落下したダメージがなければ、もっとどうにか出来たのに……』

　リヴァーナは歯を食いしばり、ヒュドラナを睨《にら》み付ける。

　そんなリヴァーナに対し、ヒュドラナは勝ち誇ったように口を開け、ゆっくりと迫っていく。

その光景を見つめていたリースが、フリオへ視線を向けた。

「あの二匹……戦っているようですけど、旦那様、どうします？」

リースの言葉に、フリオは、

「そうだね……あの蛇の魔獣は、サイズがかなり大きいけど、クライロード世界で暴れているヤツの仲間みたいだし……」

そう言うと、ヒュドラナに向かって右手を伸ばす。

詠唱をはじめると、その手の先に魔法陣が出現し、回転をはじめた。


……その時。


「いくの！　いくの！」

フリオの魔法が発動するより早く、すさまじい勢いで宙を舞ったワインが、ヒュドラナに向かって突進した。


グァ!?

『え？　何？』

ヒュドラナだけでなく、リヴァーナも視線をワインへ向け、驚いた声をあげた。

背に羽根を具現化させて加速したワインが、ヒュドラナの腹部に頭から突っ込んだ。

グホォォォォ！


苦しげな咆哮《ほうこう》をあげたヒュドラナが吹っ飛んでいく。

ワインの体は、人種族の形の背に龍の羽根、手足に具現化した鱗《うろこ》が水晶化していた。

そんなワインの様子を見つめているリースは、

「身体能力を向上させた状態での頭突き……さすがはワイン、容赦ありませんわね。それでこそ旦那様と私の娘ですわ」

満足そうにウンウンと頷いている。

「確かに……あの頭突きで、タニアが記憶喪失になったくらいだし……」

そんなリースに、フリオが思わず苦笑する。


そんな二人の視線の先……

ワインは、空中に静止していた。

「へび！　きらい！　悪い奴《やつ》！　パパンが言ってたの！」

背の羽根をはばたかせながら、ヒュドラナへ向かって声をあげる。

その声に反応するかのように、ヒュドラナが湖に沈んだ上半身を起こそうとする。

しかし、先ほどのワインの一撃が相当効いているらしく、頭を完全に持ち上げることが出来ずにいた。

そんなワインの後ろ姿を、リヴァーナは目を丸くしながら見つめていた。
『……あなた、誰？』
その声にワインが振り向く。
「私、ワイン！　龍なの！　龍なの！」
ワインが満面の笑みを浮かべる。
『龍？　あなたも？』
「そう！　龍なの！　龍なの！」
ワインが体に力を込める。
すると、その体全体が龍化していく。
赤い鱗を持つ空の龍、ワイバーンが姿を現す。
その姿に、リヴァーナが目を丸くした。
『ワイバーン……はじめて見た』
『ワインもはじめて！　青い龍、はじめて！』
『私の種族は、地底湖を住処《すみか》にしていたから……って、あ』
ワインと会話を交わしていたリヴァーナが、目を見開いた。

その目に、ワインの後方に首を持ち上げたヒュドラナの姿が映る。

『あ、危な……』

リヴァーナが慌てて身を乗り出そうとする。

しかし、

『大丈夫、大丈夫』

余裕そうな笑みを浮かべるワインの背後に、大きな口を開けたヒュドラナが迫る。


ビシッ！

その顔面を、ワインの尻尾が左から殴りつけた。

グ、グア？

ヒュドラナが困惑した表情を浮かべる。

その顔面を、ワインの尻尾が次々に殴打していく。

右から左。

左から右。

また右から左、と、高速で殴打されているヒュドラナの両頬がみるみる赤く腫れ上がっていく。

ワインはそんなヒュドラナを見向きもせず、自らの尻尾で殴打し続ける。

最初の方はどうにかして抵抗しようとしていたヒュドラナだが、ワインの尻尾の殴打力があまりにも強いため、あっという間に意識は朦朧《もうろう》となり、抵抗どころではなくなっていた。


しかし。

肝心なワインはというと、

『私、ワイン！　あなたは？　あなたは？』

リヴァーナとお話ししたくてたまらないらしく、リヴァーナに話しかけていた。

リヴァーナはというと、

（……わ、私が歯が立たなかったあの蛇の魔獣を……見もしないで……）

ワインと、その後方で殴打され続けているヒュドラナの姿を、啞然《あぜん》としながら交互に見つめ続けていた。

◇◇◇

しばらく後……

「パパン、これいる？　これいる？」

人種族型に戻ったワインは、両手で抱えて持ってきたヒュドラナを、フリオの眼前に置いた。

その顔面は、ワインの尻尾で殴打されまくったため原形をとどめないほどに腫れ上がっており、意識を失っているのかピクリとも動かない。

「あぁ、うん、ありがとうワイン。もらっておくよ」

フリオは苦笑しながら腰の魔法袋を取り出す。

改めて、ヒュドラナを見上げた。

「……今まで捕縛した蛇の魔獣はもっと小型だったのに……なんでこの個体はこんなに大きいんだろう……変異種だったりするのかな？」

腰の魔法袋を手に取り、それを蛇の魔獣へ向ける。

すると、その巨体はあっという間に魔法袋の中へすいこまれていった。

「わぁ、すごい！　すごい！」

ワインはその光景を満面の笑みで見つめている。


そこに、リヴァーナが近づいてきた。

水の龍の姿のまま、湖畔までやってくると、そこで自らの姿を人型に変化させていく。

そこに現れたのは、巫女《みこ》を思わせる衣装に身を包んだ小柄な少女だった。

人型へと変化したリヴァーナは、フリオとワインの方へ歩み寄る。

「助けてくれてありがとう。私、リヴァーナ」

感情の起伏が少ない表情のまま、小さな声で挨拶をすると、ペコリと頭を下げた。

そこに、

「私、ワインなの！　ワインなの！」

歓喜の表情を浮かべながら飛び上がったワインが、ダイブしながらリヴァーナに抱きつく。

「うわ!?　ちょ!?」

いきなりの出来事に、物静かだったリヴァーナは慌てふためき、両手をワタワタと振り回した。

そんなリヴァーナの様子などお構いなしとばかりに、ワインは満面の笑みを浮かべてリヴァーナに抱きつく。

「あはは、仲間！　仲間！」

「わ、わかった……わかったから、離れて……落ち着いて……」

「やーの！　やーの！」

「いや、その、く、首がしまって……」

満面の笑みを浮かべるワインと、困惑した表情を浮かべ続けているリヴァーナ。

そんな二人のやり取りは、この後もしばらく続いた。

◇同時刻・ホウタウの街・フリオ宅◇

街中から続いているこの街道は街の外へと延びており、その先にはフリオの家がある。

街道の途中には、フリース雑貨店や定期魔導船発着場、フリース魔獣レース場などがあり、それ

らの建物群を越えて少し進んだ先、そこにフリオの家があった。


その街道を、一体の魔人形が歩いていた。

衣服こそ着ているものの、顔がのっぺらぼうの魔人形は、手に紙袋を抱えていた。

その紙袋には、

『カルチャ飲物店』

の印字がされている。

最近、フリース雑貨店の入り口の隣に新しく開店したカルシームとチャルンの飲物屋である。

その魔人形が扉の前に立つと、フリオ家の扉の上部が少し輝いた。

この輝き——識別魔法が封印されている魔石が扉の上部に設置されており、扉の前に反応があると自動的にその存在を識別し、家族、あるいは来客予定者として登録されている人物だった場合、自動で扉が開く仕組みになっている。
なお、フリオ家は扉だけでなく、窓や壁すべては、見た目だけではごくごく普通の建物にしか見えないが、防御魔法が何重にも重ね掛けされており、ヒヤの攻撃魔法が直撃してもビクともしない強度を誇っており、フリオ家に侵入することはまず不可能といえた。

そんな識別魔法が魔人形を確認すると、フリオ家の扉がゆっくりと開いていく。

それを受けて、魔人形は家の中に入っていく。

すると、ここで新たな識別魔法が発動し、魔人形の存在を再度確認していく。

魔人形は、それを事前に理解していたのか、家に入ってすぐの場所で歩みを止めていた。

程なくして、魔人形に対して転移魔法が使用された。

魔人形の足元に魔法陣が展開し、やがてその体は魔法陣の中に吸い込まれていく。

◇？？？◇

ある部屋の中に、魔法陣が展開していた。

その中から、先ほどの魔人形が姿を現す。

魔法陣から歩み出ると、机に向かって作業を行っている女の子へ向かって歩いていく。

「わざわざ買いに行ってくれてありがとう。そこに置いておいてくれるかしら？」

その女の子――エリナーザは、手元から目を離さずに言葉を発する。

その声を受けて、魔人形は手に持っている紙袋をエリナーザの隣に置いた。

一歩下がり、一礼すると、魔人形は隣の部屋へと移動していく。

そこには、お茶を持って戻ってきた魔人形と、同じ姿形をしている魔人形達が多数存在していた。

ある者は、魔石を生成し、
ある者は、薬草をすり下ろし、

ある者は、液体が入ったフラスコを火にかけ、
ある者は、書籍の束を移動させ。
エリナーザの指示を受けているらしく、魔人形達はそれぞれの作業を黙々とこなし続けていた。
ちなみに、この魔人形達はすべてエリナーザによって産みだされていた。

そんな魔人形達が作業している部屋の隣がエリナーザの作業場になっている。

大きな椅子に座り机上の魔導書に目を通しているエリナーザ。

その周囲には何冊もの魔導書が浮かんでおり、時折エリナーザが右手の人差し指を振ると、それに呼応し、ページが開かれ、エリナーザの眼前に移動する。

エリナーザは先ほど魔人形が買って来てくれたカルチャの飲み物を口にしながら、本を読みふけっている。

そんな中、一冊の書物を手に取り、とあるページを熱心に読み返す。

「……ふぅん……やっぱりここ、気になるわ」

大きな丸眼鏡を右手で調整しながら、空中へ視線を向けた。

右手の人差し指と中指を揃《そろ》えて一振りすると、エリナーザの頭上に、巨大な地図があらわれる。

「このオルドワース魔法学院の書物によると、魔法学院の南方に、森そのものが魔力を持っている

と言われている『迷宮の森縁』って場所があるみたいなんだけど……」

エリナーザが書物を確認していると、それに呼応するかのように地図の一部が赤く輝き始める。

その場所は、クライロード城の北方にある、オルドワース魔法学院の近くであった。

「このあたり、何か変わった薬草とかもありそうだし、ドゴログマへ向かう前にちょっと行ってこようかしら。アレが出来るまでの時間つぶしにもなるし……」

そう言うと、肩越しに後方へ視線を向ける。

その視線の先には、大きなビーカーの中で輝き続けている魔石があった。

魔石の周囲には、数種類の魔石が並べられており、魔石の成分がビーカーの中にある魔石に向かってゆっくりと流れ込んでいる。

この魔石、先日エリナーザが、神界の使途ゾフィナが所有していたワールド・ログの解析結果を基にして同じ魔石を作成しようとしている物であった。

ワールド・ログのコピーが順調なのを確認すると、

「……さて」

椅子から立ち上がり、右手の指をパチンと鳴らす。

それを合図に、エリナーザの頭上には大きめの三角帽子が出現し、手元にはボストンバッグが出現した。

帽子を調整し、ボストンバッグを手にすると、

「では、行ってみますか」

エリナーザは右手を前に伸ばし、小さく詠唱する。

それに呼応するように、エリナーザの眼前に魔法陣が展開していく。

魔法陣が安定すると、エリナーザの体がその中へ吸い込まれていった。

その姿が魔法陣の中に完全に消えると同時に、魔法陣も姿を消す。

室内には、生成を続けている魔石の音と、魔人形達の作業の音だけが淡々と響いていた。

◇オルドワース魔法学院近くの森◇

「よいしょっ、と……」

魔法陣から姿を現したエリナーザが地面に降り立つと同時に、魔法陣が消えていく。

周囲には、うっそうと茂った森が広がっていた。

「ふぅん……」

エリナーザが右手の人差し指を一振りする。

その指先に出現した小さな光体がすぅっと空中に浮かんでいく……しかし、それはエリナーザから少し離れると、森の木々に吸い込まれるかのように消え去ってしまう。

「なるほど……魔力を吸い取る能力を持った植物も生えているってわけね……この草の群生地に、不用意に足を踏み込んだら、魔力を根こそぎ奪われちゃうかも……でも、こんな効力を持った植

物って、かなり珍しいわね」

そう言って小さく詠唱する。

すると、その右腕に大きなガントレットが出現した。

指を開き、魔力を吸い取った植物の方へ向ける。

キュオオオオオオオオン

風の音とともに、ガントレットの掌《てのひら》の部分に空いた穴の中に、植物がすごい勢いで吸い込まれていく。

「物理的（風）に吸い込めば問題なさそうね。せっかくだし、ちょっと多めに刈り取っていこうかしら……それにしても、さすがはゴザルさんね」

周囲の植物を吸い込み続けているガントレットを見つめながら、エリナーザは満足そうな笑みを浮かべる。

「パパやヒヤさんは、すごい魔法を使えるけど、原理を理解することなくすごい魔法を使用出来ちゃっているせいで、あれこれ相談したくても駄目なのよね。でも、ゴザルさんは魔王でありながら魔法の原理を根本からしっかり研究しておられるから、私の疑問に的確に答えてもらえるので、すごく助かっている……」

表情を曇らせるエリナーザは、

「でも……出来ることなら、パパに手取り足取り教えてもらいたいんだけど……パパの方が、ゴザルさんよりすごい魔法を使えるし……それに……」

一転して、その頬を赤く染め、うっとりした表情を浮かべて空を見上げた。

「やっぱり……パパと一緒にっていうのが、もう、最高じゃない！」

いつもの物静かで知的な表情からは想像できないほど、ニヘラァと口元をゆがめる。

重度のファザコンである。

そんなエリナーザの背後の草が、ガサガサと音を立てながら左右に揺れる。

しかし、父であるフリオとの妄想を捗《はかど》らせているエリナーザは、それに気づいていない。

エリナーザが無防備であることを察したのか、草の揺れが徐々にエリナーザの方へと近づいていく。

そして、ほぼ真後ろに位置したところで、

グアッ！

咆哮とともに草むらから飛び出した蛇の魔獣が、エリナーザの背に向かって飛びかかる。

次の瞬間。

エリナーザは、落ち着いた様子で、ガントレットを蛇の魔獣へと向けた。

すると、宙を舞っていた蛇の魔獣は、一瞬にしてガントレットの中へと吸い込まれてしまった。

「……あら？　何か気配を感じたから振り返ったんだけど……今のって、例の魔獣よね」

エリナーザがガントレットを操作し、回収内容をチェックする。

ガントレットの上部にウインドウが表示され、その中に、

『厄災魔獣ヒュドラナ』


の文字を発見した。

「この魔獣も厄災魔獣だったのね。

それなら粉薬の材料になるし、結果オーライってことでいいわね」

ウインドウの表示をオフにすると、

「さて、それじゃあここの薬草の回収をちゃちゃっと終わらせちゃいましょう。早くドゴログマに行って、パパのお手伝いしなきゃ」

ガントレットを駆使して、周囲の素材を収集していった。

◇ドゴログマ・フリオ別荘◇

ヒュドラナの一件が片付いてから数刻後……

フリオの別荘の近くの湖畔で、スワンがタベアにまたがっていた。

「あ、あわわ……こ、こんな感じですのん？」

スワンがおっかなびっくりといった様子で、四《よ》つん這《ば》いになっているタベアの背にまたがる。

緊張のためか、その表情にはまったく余裕がない。

そんなスワンに、

「わぁ、スワンさん、すごいです！　ちゃんと乗れてます！」

リルナーザは、笑顔で拍手を送った。

フリオ家にやってきて数日……

最初の頃は、タベアやサベア一家の面々が近づいて来ただけで固まってしまい、悲鳴をあげていたスワン。

そんなスワンが、おっかなびっくりとはいえタベアの背に乗ることが出来ているのである。

「スワンさん、すごい進歩だと思います！　本当にすごいですよ！」

満面の笑みで拍手を送るリルナーザ。

その背後には、一角兎《ホーンラビット》姿に変化しているサベアと、一家の面々がずらっと並んでおり、リルナーザと同じように、スワンに拍手を送っていた。

「そ、そうですのん？　あ、ありがあわわわわわ」

スワンがお礼を述べようとして、リルナーザの方へ視線を向ける。

その拍子にバランスを崩し、タベアの背中から転げ落ちそうになっていた。

「あ、危ないです！」

すかさず駆け寄ったリルナーザがスワンの体をしっかりと受け止める。

普段から、家だけでなく、ホウタウ魔法学校で飼育している魔獣のお世話や、スレイプの放牧場の魔馬達のお世話などを積極的にこなしているため、リルナーザの足腰はかなり鍛えられており、小柄なスワンをガッチリと受け止めることができていた。

慌てて起き上がろうと、手を伸ばしたスワン。

「あ、ありがとうですわ……」


ポヨン。


その手に、何か柔らかいものを捉えた。

「……ん？」

不思議に思いながらスワンは手の先へと視線を向ける。

そこにはリルナーザの胸があった。

（……な、なんですのん、この柔らかい感触は……い、いつまでも触っていたくなる感触といいますか……って、わ、私ってば、一体何を考えてますのん!?）

困惑しながら、顔を真っ赤にする。

「あ、あの、スワンさん、大丈夫ですか？　私がしっかり支えていますから、踏ん張らなくても大丈夫ですよ」

スワンの顔が赤いのは、落ちないように踏ん張っているためと勘違いしたリルナーザが、笑顔でスワンに話しかける。

その声で我に返ったスワンは、

「わわわ、わかりましたわん。も、もう大丈夫ですわん」

慌てふためきながら手を離した。

そんなスワンにリルナーザはにっこり微笑むと、その体をゆっくりとタベアの背から下ろしていく。

まだ修学前にもかかわらず、ホウタウ魔法学校で行われている魔獣の騎乗授業の補佐役を務めているリルナーザにとって、この程度の事は朝飯前であった。

そんなリルナーザとスワン達の様子を、ベラノが少し離れた場所から見つめていた。

手に魔法増幅用の杖《つえ》を持ち、緊張した面持ちのまま周囲の様子を見回している。

（……さ、さっきの蛇の魔獣みたいな敵が、また現れたら……どうしよう……私の防御魔法でどうにかなる……かなぁ……で、でも……）

口元をギュッと引き締める。

（……フ、フリオ様にまかされたんだもん……が、頑張らないと……）

改めて気合いを入れ直す。

そんなベラノの右にミニリオ、左にベラリオが立っていた。

ベラノの気持ちを察しているのか、二人もベラノ同様に、周囲に危険が及んでいないかどうか確認を続けている。


そんな湖畔の光景を、フリオは別荘の二階にあるベランダから見つめていた。

「厄災魔獣を本格的に捕縛するのは、みんなが集まる明日からの予定だし、今日のところは思い思いに楽しんでもらおうかな」

そんな事を考えながら、視線を移動させる。

その視線の先、フリオの隣にはリヴァーナの姿があった。

青い髪のリヴァーナは、巫女風の衣装を身につけた人型の格好のまま、フリオの隣に立っていた。

「フリオ殿、まずは助けていただいた御礼《われい》を申し上げたい」

リヴァーナは目を閉じ、軽く一礼する。

「いえ、気にしないでください。たまたま出くわしただけですし、それに君を助けたのは、ワインだしさ」

「確かに、ワイン殿にも感謝しておりますが……あの蛇の魔獣の毒を、フリオ殿が解毒してくださらなかったら、いくら龍神のボクでも、命が危なかったから」

感情が表に出ないのか、表情こそほとんど変わらないものの、そう言ったリヴァーナは改めて頭を下げた。

そんなリヴァーナに、フリオは、

「あの蛇の魔獣の仲間を捕縛していたので、成分を分析していたのですが、たまたま、そのついでに解毒剤を生成していたものですから、お役に立てて何よりです」

いつもの飄々とした笑顔を向ける。

その言葉に、リヴァーナは首を左右に振る。

「あの蛇の魔獣の毒は強力……解毒剤をついでで生成出来るレベルのものじゃない……現に、ボクの体内回復機能《ヒーリング》で回復しきれなかった」

リヴァーナは三度頭を下げる。

（……そんな事を言われても、本当についでで生成しただけだし……）

そんな事を考えながら苦笑する。

「それで、ちょっと教えてもらいたいんだけど、あくまでも答えられる範囲でかまわないからさ」

話題を変え、改めて声をかける。

「君はクライロード世界の住人みたいだけど……なんでこのドゴログマにいたんだい？」

「うん……それは非常に難しい質問」

リヴァーナは珍しく眉間にシワを寄せ、困惑の表情を浮かべた。

「ボク達水龍族は、クライロード球状世界の地下にある地底湖で暮らしていた。地上にいると魔王軍に徴兵されたり、冒険者に狙われたりするから……」

「へぇ、地底湖なんてあったんだ」

リヴァーナの言葉に驚きつつもフリオが頷く。

「……それが、先日……なぜかいきなり地底湖の底が抜けた。そのまま、クライロード球状世界の底から落下して……気がついたら、この地下世界ドゴログマの、そこの湖に落下していた」

そう言うと、フリオ家の前に広がっている湖を指さす。

リヴァーナの言葉を聞きながら、フリオは困惑した表情を浮かべる。

(……このリヴァーナが、地底湖で暮らしていたのはわかったけど……その底が抜けた？　それで落下してここに落ちた？)

「事情はわかったけど……申し訳ないけどよくわからないというか、理解し難いというのが正直なところかな」

「心配しないで。客観的に分析してたどりついた仮説だから、ボク自身も完全には把握出来ていない」

表情を変えることなく、リヴァーナは言葉を続ける。

「あ、そうなんだ……」

その言葉に、思わず苦笑するフリオ。

(……把握出来ていないって言っているけど、自分が体験した状況をしっかり把握出来てはいるみたいだな……ただ、その内容がちょっとアレだけど……)

フリオがそんな事を考えていると、リヴァーナは小さく息を吐き出した。

「質問、いい?」

「あ、うん、いいよ」

リヴァーナの言葉にフリオが頷く。

「あの蛇の魔獣、あなたも捕縛していたっていってたけど、大きくなかったって、本当?」

「あ、うん、そうだね。大きめの個体はいたけど、君と対峙していた蛇の魔獣ほどの大きさのヤツはいなかったよ」

「そっか……やっぱり湖の水の恩恵、受けたのかも……」

「湖の水の恩恵?」

「……うん。ボクの一族が暮らしていた地底湖。長年暮らしていたから、水の中にボク達水龍族のエキスがしみこんでいるって、爺様《じいさま》が言ってたけど……」

「じゃあ、あの蛇の魔獣は、そのエキスのしみこんだ水を飲んだから、あんなに巨大化したっていうのかい?」

フリオの言葉に、リヴァーナは首を左右に振った。

「わからないけど、そうとしか考えられない。あの蛇の魔獣が地底湖に侵入したのは気がついていた……最初は反応が小さかったのに、日に日にその反応が大きくなっていって……そろそろ対策を考えないと、と思っていたから」

「へぇ、そうなんだ」

「爺様の話だと、ボク達水龍族のエキスにはいろんな効能があるって話だった」

「その爺様っていうのは、君のお爺さんってことかい？」

「うん、そう」

そう言うと、不意にリヴァーナは寂しそうな表情を浮かべた。

「ずっと二人だった。ずっと一緒だった。でも去年……」

そんなリヴァーナをフリオはそっと見つめた。

（……ずっと二人だったってことは……今のリヴァーナはひとりぼっちって事なのか……）

その事を察したフリオは、あえて口を閉じる。

そんなフリオに、リヴァーナは、

「……改めて、助けてくれて感謝。ボクは一人だし、この地下世界のどこかで暮らせる場所を……」

その時。

「リヴァーナ！」

ベランダの扉が開け放たれ、ワインが飛び込んでくる。

「ちょ、ちょょっとワイン、駄目ですってば」

扉の奥にはリースの姿もあった。

リースは、お茶菓子と飲み物を乗せたトレーを持っている。

ベランダに飛び込んだワインは、リヴァーナに抱きついた。

「ちょ!? ワ、ワイン？」

突然の出来事に、リヴァーナが困惑した表情を浮かべる。

ワインはそんなリヴァーナの両頬を両手で掴《つか》み、目を合わせる。

「リヴァーナ、一緒にいよう！ いよう！」

「……え？」

「ワインも、ひとりぼっち、龍族ひとりぼっち。でも、パパンがいる！ ママンもいる！ ここ、みんなの居場所！」

ワインはリヴァーナに向かって言葉を続ける。

「みんなの居場所……でも、ボクは……」

「リヴァーナ龍族！ ワインも龍族！」

「……」

「だから、一緒！ 一緒にいよう！ いよう！」

ワインはその視線をフリオに向ける。

「パパン、いい？ いい？」

さらに、視線をリースへと向けた。

「ママン、いい？　いい？」

そんなワインをフリオは黙って見つめ返す。

そんなフリオの前で、リースは、

「旦那様、私は賛成ですよ。リヴァーナがよければ、我が家の一員に加わってくれても」

そう言うと、そっと微笑んだ。

しかし……

よく見ると、リースの背後に具現化している牙狼の尻尾が、歓喜の感情を表すかのように激しく左右に揺れている。

（……リースってば……新しい戦力が加わるって気持ちももっているみたいだな）

その意図を察したフリオは、思わず吹き出しそうになるのを必死にこらえた。


フリオは一度咳払《せきばら》いをすると、その視線を改めてリヴァーナへ向ける。


「君さえよければ、僕達と一緒に暮らさない？　僕達の家族には、君と同族のワインもいるし、僕の家で暮らしていれば、冒険者に狙われることもない……何より、君に寂しい思いをさせることもない」

そう言って右手を差し出す。

「どうかな？　僕達の家族になってくれないかな？」

「か……ぞ、く……」

フリオの言葉に、リヴァーナは小さく呟《つぶや》く。

リヴァーナに手を差し出したままのフリオと、その手を見つめるリヴァーナ。

ワインは、いまだにリヴァーナの頬に手を添えたまま、交互に二人を見つめている。

しばしの間ののちに、

「……いいの？」

リヴァーナがそう言うと、その瞳から一筋の涙が流れた。

そんなリヴァーナに、

「むしろ、大歓迎だよ」

フリオはにっこり微笑んだ。

その顔を見つめながらしばらく沈黙していたリヴァーナは、やがてゆっくりと両手を伸ばし、差し出されたフリオの右手を握り締めた。

それまで、静かに二人の様子を見守っていたワインは、

「やったの！　やったの！　一緒なの！　一緒なの！」

歓喜の声をあげて、リヴァーナの首に抱きつく。

そんなワインに、リヴァーナは、

「あの……ボク、あんまりベタベタされるのは……苦手……」

そう声をかけたのだが、ワインはそんな事お構いなしとばかりに、リヴァーナに抱きつき、頬ずりをしていた。

「だから……苦手だって……」

繰り返すリヴァーナ。

その口元には、いつの間にか小さな笑みが浮かんでいた。

◇翌朝・ドゴログマ・フリオ家別荘◇

フリオ家の別荘前に設置されている転移ドアがゆっくり開いていく。

その中から、フリオが姿を現した。

「さて、やっとクライロード世界の仕事が一段落したし、今日からしばらく休暇を兼ねて、ここで厄災魔獣の捕縛を頑張らないと……」

伸びをしながら、フリオが転移ドアをくぐる。

その後ろにはリースが笑顔で続いていく。

「旦那様と、思う存分共狩りが出来ますわね。今から腕がなりますわ」

気合い満々といった様子で、胸の前で右手の拳を握る。

左手には、家で作ってきた皆の食事が詰まった大きなバスケットが握られている。

「今日はエリナーザも来るって言ってたし、明日にはガリルも来るし」

「みんなに、リヴァーナの事を紹介してあげませんとね」

二人がそんな会話を交わしながら別荘に向かって歩いていると、

「あ、パパ」

エリナーザの声が聞こえてきた。

フリオが声の方へ視線を向けると、転移ドアの近くにエリナーザの姿があった。

大きめの三角帽子を被《かぶ》り、縦に立てたボストンバッグを椅子代わりにして、一休みしながら魔導書を読んでいたエリナーザは、笑みを浮かべながらフリオ達の元へ駆け寄っていく。

「やぁ、エリナーザ。もう来てたんだね。クライロード世界での素材の採取は終わったのかい？」

「えぇ、昨日のうちに全部終わらせておいたわ」

笑顔でそう言うと、フリオに抱きついた。

「それじゃあ、今日から一緒に厄災魔獣の狩りをすることが出来るね」

「厄災魔獣？」

エリナーザは、その言葉に一度首をひねると詠唱していく。

それに呼応して、エリナーザの右手に魔法陣が展開し、その腕をガントレットが覆っていく。

それを湖畔の広大なスペースに向かって伸ばす。

すると、湖畔に、魔獣が出現した。

ガントレットの中に収納されていたらしいその魔獣は、次々に数を増やしていく。

「このガントレット、すごく調子がよかったから、朝、ここで厄災魔獣の捕縛テストをやってみたの、そうしたら……」

エリナーザが言葉を続けている間にも、魔獣の山はどんどん大きくなっていく。

その光景に、フリオとリースは思わず目を丸くした。

「……五十体くらい捕縛出来ちゃって……」

エリナーザの言葉通り、湖畔には大小様々な厄災魔獣が山積みになっており、その数は五十にも迫るほどだった。

「……エリナーザ、僕達が来るまでの間にこれだけの厄災魔獣を狩ったのかい？」

「えぇ、あまりに調子がいいから、どんどん狩ってたら、こんな数になっていたの」

フリオの言葉に、エリナーザはにっこりと微笑む。

フリオが詠唱すると頭上に魔法陣が展開され、ドゴログマ世界を索敵していく。

そんなフリオと、厄災魔獣の山を交互に見つめていたリースは、

「あ、あの……旦那様……まだ厄災魔獣っていますよね？　共狩り出来ますよね？　ね？」

懇願にも似た表情を浮かべながら、フリオににじりよる。

そんなリースの視線の先、フリオの頭上にはドゴログマの索敵結果のウインドウが表示されているのだが、その中に厄災魔獣を示すマークはなかった。

それを確認したフリオは、

（……今回は、休暇を楽しむしかなさそうだな……）

そんな事を考えながら、苦笑していた。

8 エピローグ

◇ホウタウの街・フリオ宅◇

朝……

フリース山から顔を出した陽光が、フリオ宅を照らしていく。

そんなフリオ宅の二階の一室。

寝室らしい部屋の中には大きなベッドが置かれており、その中央でワインが寝息をたてていた。

「……うにゅう……にゃはぁ」

ベッドで寝息をたてているワインは、ふやけた笑みを浮かべ続けていた。

その隣ではリヴァーナが横になっていたが、寝ているワインが両手両足でリヴァーナをがんじがらめにしていた。

「……ち、ちょっとワイン。ど、どこ触ってる！」

リヴァーナが必死になってワインを引きはがそうとするが、寝ぼけているにもかかわらずワインは怪力で引きはがすことが出来ずにいた。

「うにゅう……リヴァリヴァ大好きぃ……」

「そ、そんなことはいいから！」

リヴァーナはなぜか頬を赤くしながら、必死になって逃げだそうとする。

手足をじたばたさせるリヴァーナだが、ワインは手足をガッシと掴んでさらに抱きしめる。

「うにゃあ……ぱく！」

そのままリヴァーナの頬を甘噛《あまが》みする。

「ちょ!?」

いきなりの出来事に、リヴァーナはさらに顔を赤くした。

「い、いい加減にしなさいって！」

「にゃはぁ……よいではないかぁ、よいではないかぁ」

「よくない！」

抱きつこうとするワインと、離れようとするリヴァーナ。

二人は、ベッドの上でドタバタと乱闘のように動き回っていた。

◇同時刻・フリオ家一階◇
「……また、ワインとリヴァーナかな」

二階から聞こえてくる喧噪《けんそう》に、フリオは思わず苦笑する。

そんなフリオの隣に立っているリースも、苦笑しながら天井を見上げていた。

「すっかり毎朝の名物になりましたわね」

「確かに、そうだね」

リースの言葉にフリオは苦笑しながら頷《うなず》いた。

「いつも一緒に寝ていたフォルミナとゴーロが、ホウタウ魔法学校に通うことになったのを機に、自分たちの部屋で寝起きし始めたから……そのせいで、しばらくの間ワインは一人で寂しくしていたけど……リヴァーナが家に来てから、すっかり仲良くなったみたいだし」

「仲良くなった……ですか？」

フリオの言葉に、リビングの机を拭いていたタニアが怪訝《けげん》そうな表情を浮かべて首をひねった。

そんなタニアの様子に、フリオは思わず苦笑する。

「ほ、ほら……ワインがすっかりリヴァーナになついてしまっているみたいだけど、リヴァーナも、なんのかんの言いながら、毎日一緒に寝てくれているんだし、さ」

「はぁ……しかし、昨夜など、ワインお嬢様がリヴァーナお嬢様を無理やりベッドに連れ込んでいるようにしか見えなかったのですが……」

フリオの言葉に、タニアはさらに首をひねる。

そこに、壁をすり抜けてヒヤが姿を現した。

「タニア殿、リヴァーナ様が本気で嫌がっておられるのでしたら、龍形態に変化して対抗されるのでは、と思案いたします。それをなされていないわけですので、至高なる御方《おんかた》の提案どおり、現状維持でよろしいのではないでしょうか？」

「なるほど……確かに、ヒヤ殿の言葉にも一理ありま……」

「ちょ、ちょっと待った！！！！！」

タニアが言葉を言い終わらないうちに、階段からリヴァーナの声が響いてくる。

その声を合図に、リビングにいる全員の視線が階段へと注がれた。

そこには、後方からワインにがっちり抱きつかれているリヴァーナの姿があった。

その背には、リヴァイアサンの羽が具現化しており、尻尾も巨大化しようとしている……のだが、その尻尾にも、ワインのしっぽががっちりと巻き付いているため、思うように身動きできなくなっていた。

「だから！　迷惑！　なんとかして！」

リヴァーナが顔を真っ赤にしながら、声を張り上げる。

（……いつも小声なのに……大きい声も出せるんだ）

（……いつも小声ですのに……結構大きな声も出せますのね）

（……あら？　小声でつつましやかと思っておりましたのに……これは躾《しつけ》が必要かも……）

（……ほう、いつも小声であられますのに、なかなか大きな声をお出しになって……）

「ちょ、ちょっとみんな！　な、なんか場違いなこと考えてる？　でしょ？」

何事か思案し始めたフリオ達《たち》を前にして、さらに声を荒らげるリヴァーナ。


その時。


「んにゃ……あ、もう朝ですか」

フリオ達の後方、リヴァーナの視線の先にある大きな小屋の中から寝ぼけた声が聞こえてきた。

フリオ達が振り向いた先には、リビングの端におかれているサベア一家の小屋があり、その中で、リルナーザが眠そうな目を右手でこすりながら、大きく伸びをしているところだった。

すると、

「んぁ？　も、もう朝ですのん……」

その隣で小柄な女の子もむくりと起き上がる。

先日よりフリオ家に居候している第三王女ことスワンであった。

スワンは、寝ぼけた表情のまま周囲を見回していたのだが、

「……は!?　え!?　い、今何時ですのん!?　寝坊しましたのん!?」

ワタワタしながら頭を抱えるスワンの様子に、フリオが苦笑した。

「スワンさん、落ち着いてください。ここは私の家ですよ。お仕事はまだお休み中でしょう？」

「ふぇ!?」

スワンはフリオの言葉で我に返ったのか、ピタッと動作を止め、何度か目をシパシパさせた。

そんなスワンの隣で横になっていたリルナーザが、大きく伸びをしながら上半身を起こす。

「スワンさん、おはようございます」

そう言ってスワンの頬に、

チュ

っと、キスをした。

「ふぁ!? ち、ちょっとリルナーザさん!?」

「え? どうかしましたか?」

「いいい、いえ、その、どどどうかしたとかしないとかではなく、いいいいまのは……」

スワンは顔だけでなく、首まで赤くしながらあたふたし始める。

そんなスワンの様子を、リルナーザは怪訝そうな表情で見つめた。

「今の……って、ただの朝の挨拶ですけど、それがどうかしましたか?」

「ただの挨拶、って……あ、いえ、その……そういえば、ドゴログマでも……」

先日出向いたドゴログマでも、リルナーザにおはようのキスをされていた事を思い出したスワンは、さらに顔を真っ赤にし、何も言えなくなっていた。

そんなスワンの背後から、サベアがむくりと体を起こした。

狂乱熊《サイコベア》姿のサベアのお腹《なか》の上で眠っていたスワンは、仰向《あおむ》けに眠っていたサベアと至近距離で向かい合う。

まだ眠いのか、右腕で右目をこすったサベアは、両腕を伸ばして大きく伸びをすると、改めて前方へ視線を向けていく。

そこで、スワンとバッチリ目があった。

『バホッ』

サベアは、嬉《うれ》しそうに一鳴きすると、

べろん

スワンの顔面を思いっきり舐《な》めた。

「うわふん!?」

突然の出来事に、スワンが思わず目を閉じる。


その光景を目にしたフリオとタニアは、思わず目を丸くした。


フリオ家に来た初日……

魔獣達に囲まれて固まってしまったスワン。

その頬をサベアが舐めた際に、魔獣達がびっくりするくらいの悲鳴をあげた上で、豪快に倒れ込んだのだった。


フリオが右手の前に魔法陣を出現させ、タニアは左腕で救護用の枕を抱える。

すぐにでも救護に向かえる姿勢をとる二人の前で、スワンは……

「……もう、サベアってば……べたべたですわん」

苦笑しながら、顔面を服の裾で拭った。

その様子には、魔獣を見る度に絶叫していたスワンの面影は微塵《みじん》も感じられなかった。

フリオはそんなスワンの様子を笑顔で見つめている。

「……どうやら、心配しなくてもよさそうですね」

タニアもまた、手に持っていた枕を腰につけている魔法袋へ収納すると、脇にどけていた箒《ほうき》へ手を伸ばす。

「では、私は二階の清掃をしてまいります」

恭しく一礼し、タニアは階段をあがっていく。

「うん、すまないけど、よろしく頼むね」

いつもの飄々《ひょうひょう》とした笑みを浮かべ、フリオはタニアを見送った。

その視線を、改めてスワンへ向ける。

「もうずいぶん魔獣達に慣れたみたいですし、そろそろクライロード城へ戻る準備を……」

ガシッ

スワンはサベアのお腹の上からダイブし、フリオの腕を両手でしっかりと摑《つか》んだ。

「……えっと……スワンさん？」

「ま、まだですわん」

「え？」

スワンの行動にフリオが目を丸くする。

そんなフリオの視線の先で、スワンは顔を左右に振った。

「わ、私、まだまだ魔獣の事を勉強したいですわん。勉強といいましても、事典や書物に書かれている内容を学ぶのではなく、この地で、生きている、本物の魔獣達とふれあいながら、もっともっと勉強したいですわん」

スワンはフリオの腕を握って懇願する。

そのあまりの気迫を前にして、フリオは思わず後退《あとずさ》った。

「え、えっと……お気持ちはわかったのですが……お城の仕事の方は……」

「あぁ、それなら問題ないですよ」

二人の後方から、女性の声が聞こえてきた。

フリオとスワンが同時に声の方へ視線を向ける。

その視線の先――リビングの入り口に第二王女ことルーソックの姿があった。

「スワンが希望するのなら、居候期間を延長してもかまわない、って、姫女王姉さんの伝言も預かってるからさ」

「姫女王お姉様の？」

「うん。気が済むまで、しっかり魔獣に慣れてきなさい、ですって」

第二王女の言葉に、スワンが笑顔を輝かせた。

そこに、リルナーザが駆け寄ってくる。

「じゃあ、スワンさんと、もっと一緒に遊べるんですね！」

「そうですわん、リルナーザさん！」

スワンとリルナーザはお互いの両手を組み、笑顔を交わしあう。

その光景を、フリオは笑顔で見守っていた。

「リルナーザさん、じゃあ、早速みんなでお散歩に行きましょう！」

「はい、わかりました！」

駆け出したスワンの後を、笑顔で追いかけていくリルナーザ。

二人は手をつなぎ、笑顔を交わしながら部屋の外へと駆けていく。

そんな二人の後ろ姿を、ルーソックとフリオは笑顔で見送った。

「フリオ様にはご無理をいってしまいましたけど、スワンをこちらで預かって頂いて、本当によかったと思います。あんなにいい笑顔を出来るようになったんですから」

「そう言って頂けたら、リルナーザも喜ぶと思います。いい友達が出来たって、すごく喜んでいますので」

ルーソックの言葉に、いつもの飄々とした笑顔を返す。

「じゃあ、私は仕事がありますので、これで失礼しますね」

「じゃあ、転移魔法で……」

「いえ、それには及びません。外に直属の魔導士を待機させておりますので」

クライロード魔法国の外交を担当している第二王女ことルーソック。

国内各地や近隣諸国へ出向く頻度が多い彼女は、転移魔法を得意にしている魔導士達を集め、直属の転移魔法部隊を結成し、運用していた。


ルーソックはフリオに向かって恭しく一礼すると、部屋を立ち去っていく。

その後ろ姿を、フリオは笑顔で見送った。

すると、

「あ、旦那様!」

第二王女と入れ替わるようにして、リースが部屋に入ってくる。

その後方には、ゾフィナが続いていた。

「フリオ様、お疲れ様です」

フリオに向かって、頭を下げるゾフィナ。

その手には、エリナーザから受け取ったと思われる紙袋が握られている。

見た目は簡素な紙袋だが、それは防御魔法で幾重にも覆われており、少々の攻撃魔法なら弾《はじ》き返してしまうのは間違いない。

「ゾフィナさん、こんにちは。そういえば、今日は粉薬のお渡し日でしたね」

「はい、早速受け取ってまいりました」

そう言って、ゾフィナはフリオの元へ歩み寄る。

リースもそのすぐ隣に並ぶ。

「それで、今日はもうひとつ、フリオ様にお伝えしておきたいことがございまして……」

ゾフィナが右手を眼前にかざすと空中にウインドウが表示され、その中に蛇の魔獣の姿が映し出された。

「それは……最近クライロード魔法国に出没している蛇の魔獣ですね。名前は確かヒュドラナとか言うのでは……」

「さすがはフリオ様、すでに名前をご存じだったのですね」

そう言うと、両手で空中のウインドウを広げる。

横長になったウインドウには、九体の蛇の魔獣の姿が映し出されていた。

「クライロード世界に出没しはじめた蛇の魔獣ですが、この九体になります。

この九体が一箇所に集まり、一体に合体することで超厄災魔獣ヒュドラナへと変貌するのですが
……このヒュドラナは、神界におきまして『最後の試練』と言われております」

「最後の試練ですか?」

ゾフィナの言葉に、フリオは首をひねった。

「はい。この魔獣はですね、長年紛争が続いていた世界に出現しこの魔獣を倒すことによって、その世界に真の平和がもたらされると言われているのです」

「まぁ、そうなんですか？」

目を丸くするリースの言葉に、ゾフィナが頷く。

「はい。ですので、この魔獣達が出現したということは、ここクライロード世界に、真の平和が訪れる知らせといえるのです」

ゾフィナはそう言って、その視線をフリオへ向けた。

「フリオ様でしたら、このヒュドラナを倒すこともきっと可能であると信じております……ご武運を」

ソフィナが胸に手をあて、一礼する。

そんなゾフィナの前で、フリオは腕組みをしたまま眉間にシワを寄せた。

「あの……その事なのですが……」

「はい？　何かございましたか？」

「このヒュドラナですけど……合体する前、九体に分かれたままの状態の時に倒してしまった場合、どうなるんですか？」

「九体の時に、ですか……」

フリオの言葉に、ゾフィナは目を丸くする。

「……いえ、そういった話は聴いたことがないといいますか……合体前のヒュドラナは、それそのものを見つけるのが困難といいますか……」

「あら？　そうでもなかったわよ」

そう言って、話に加わってきたのはエリナーザだった。

「だって、ほら」

そう言うと、リビングの机の上に向かって右手を伸ばす。

小さく詠唱すると、机上に蛇の魔獣の分体が出現した。

「んな!?」

その光景を前にして、ゾフィナが目を丸くする。

机上の蛇の魔獣は複数あり、いずれも水晶魔石に封印された状態でおかれている。

「私は、森の奥地で薬草採取している時に捕まえたわ」

エリナーザに続き、リースも右手を挙げる。

「私は、旦那様と共狩り《デート》している際に……」

「それ以外にも、ゴザルさんやスレイプさん達も捕縛していまして……厄災魔獣でしたので、粉薬の材料にしようと思って、今はすべてエリナーザに渡しているのですが……」

フリオが苦笑してゾフィナへ視線を向ける。

ゾフィナは、そんなフリオと机上の蛇の魔獣を交互に見つめた。

しばらくの間、言葉を発することも出来ずに、口をパクパクさせていたゾフィナだが、

「なんといいますか……長年神界の使徒をしている私ですが……合体する前にヒュドラナを倒してしまったという話ははじめてお聞きしました」

「えっと……それって、何かまずかったんですか?」

「……し、正直に申し上げまして、これによってどのような結果が起きるのか、私も見当がつかないと申しますか……あるいは、再び九体の蛇の魔獣が出現する可能性も……」

困惑しきりといった表情を浮かべる。

すると、そんなゾフィナに、エリナーザがにっこりと微笑《ほほえ》んだ。

「あら？　むしろ好都合ではありませんか？」

「こ、好都合……ですか？　あ、あの……この魔獣は、世界を滅ぼしかねないという……」

「あら、だってこの魔獣って、合体前でも厄災魔獣ではありませんか。と、いうことは、合体前に捕縛し続けていれば、粉薬の材料に困らないってことですよね？」

エリナーザは名案とばかりに右手の人差し指を立てる。

そんなエリナーザに、フリオも頷いた。

「蛇の魔獣を捕縛したことで索敵魔法の精度もあがっているし、次に蛇の魔獣が出現しても、今度はすぐに発見出来るしね」

そんなフリオの腕に、リースが笑顔で抱きつく。

「その時は、また共狩り《デート》にまいりましょう、旦那様」

そんな会話を交わしているフリオ達。

ゾフィナは、そんなフリオ家の皆の様子を、苦笑しながら見つめていた。

（……本来であれば一体だけでも球状世界を崩壊させる力を持つ厄災魔獣が、九体も出現するかもしれないというのに……でも、フリオ様と、そのご家族の皆様なら、本当にやりかねない……と、言うか……今回出向かれたドゴログマでも五十体近い厄災魔獣を捕縛されているし……）

そんな事を考えているゾフィナの前で、フリオ達は笑顔で会話を交わしていた。

それは、まるで散歩に行く予定をたてているかのようだった。

◇とある森の奥深く◇

近くに小さな村がある以外、特にこれといった変哲のない森の奥深く。

そこに、一軒の小屋があった。

「どわぁぁ!?」

その小屋の近くの森の中からカーサが飛び出してきた。


——カーサ。

元農家の娘。

人の姿のフギー・ムギーに一目ぼれし、猛アタックの末、妻の座を射止めることに成功し、今は森の中の小屋の中で他の二人の妻と一緒に暮らしている。


カーサは子供を抱っこし、懸命に駆ける。

その後方、森の中から蛇の魔獣が姿を現した。

蛇の魔獣は、口を大きく開け、カーサに襲いかかる。

「そんなに簡単に、食われてたまりますかってのよ!」

突進してくる蛇の魔獣を、カーサは巧みなステップでかわしていく。

蛇の魔獣は、苛立《いらだ》った様子を見せながらも、カーサを執拗《しつよう》に追いかけていく。

そんな緊迫した状況下にもかかわらず、

「うわぁ、ママすごい！　頑張れ〜」

カーサの子供は、どこか楽しそうな声をあげていた。

「ったく、この子ってば、誰に似たのかしら。こんな状況だってのに、怖がるどころか楽しんでるなんて」

カーサは苦笑しながらも走り続ける。

そんな中、蛇の魔獣が動きを止めた。

「へ？」

思わず目を丸くしたカーサが、

「へぶぅ!?」

何かに激突した。

カーサが見上げると、そこには巨大な鳥の姿があった。

黄金の鱗《うろこ》に覆われている、双頭の巨鳥。

元魔王軍四天王の一人であったフギー・ムギーの本来の姿である。


――フギー・ムギー。

魔王ゴウル時代の四天王の一人である双頭鳥《そうとうちょう》が人族の姿に変化した姿。

魔王軍を辞して以後、とある森の奥で、三人の妻とその子供たちと一緒にのんびり暮らしている。

「「そこの魔獣よ、この女が僕の大事な人だと知っての狼藉《ろうぜき》なりか？」」

双頭の首で同時に言葉を発しているため、フギー・ムギーの言葉は、常に二重に聞こえている。

それは、人種族の姿になった時も同様である。

魔獣姿のフギー・ムギーは、カーサを守るように前に出ると、蛇の魔獣へ顔を向けた。

蛇の魔獣はカーサより巨軀《きょく》ではあるものの、巨鳥であるフギー・ムギーと比べれば、圧倒的な体格差があった。

自分の不利を本能的に悟ったのか、蛇の魔獣は咆哮《ほうこう》しながらもジリジリと後退《あとずさ》っていく。

そんな蛇の魔獣に対し、

ズン！

ズン!!


フギー・ムギーは大地を踏みしめながら迫る。

迫り来る巨軀を前にして、完全に戦意喪失した蛇の魔獣は、後ろへ向き直ると一目散にその場から逃げだそうとする。

しかし、

「「逃がさないなりよ」」

それよりも早く、フギー・ムギーの足が蛇の魔獣に向かって伸びていき……

……数刻後

森の中にある一軒家。

ここで、フギー・ムギーは、家族の皆と一緒に暮らしている。

その家の前にある広場に、蛇の魔獣がおかれていた。

「うわぁ……な、なんですか、この魔獣……」

シーノが目を丸くしながら、蛇の魔獣の姿を見つめていた。

――シーノ。

カーサと同じ村で暮らしていたシスターの女性。

カーサ同様にフギー・ムギーに一目ぼれし、今は妻の一人として一緒に暮らしている。

普段は、村で怪我人《けがにん》や病人の治療を行っている。

「「さっき森の中で、カーサに襲いかかってきたなりよ。だから退治したなり」」

人種族の姿に変化しているフギー・ムギーが腕組みしながら答えた。

人型に変化すると首は一つになるのだが、元が双頭のためか、その声は常に二重に聞こえていた。

「まぁ、そうだったのですね……事情はわかったのですけれど……」

そう言うと、シーノはジト目をフギー・ムギーの後方へ向ける。

その視線の先には、フギー・ムギーに抱きついているカーサの姿があった。

カーサは、デレデレとした表情を浮かべながら、フギー・ムギーに頬ずりしていた。

「えへへ、さっきのフーちゃん、すっごく格好良かったよぉ。もう、私、思いっきり惚《ほ》れ直しちゃった。えへへ」

周囲の事など気にする様子もなく、カーサはひたすらフギー・ムギーに甘え続ける。

シーノは、そんなカーサに近づくと、その顔面を無造作に摑《つか》んだ。

「あの……カーサさん？　さっきから何、フギー・ムギー様に抱きついていらっしゃるのですか？　まだまっ昼間ですよ？　子供達《たち》の教育に悪いですから、離れてください、ほらっ！　ほらっ！」

「あ、あだだだだ、ちょ、ちょっとシーノ、その顔面鷲《わし》づかみはやめてって、いつも言ってるでしょ。あなたってば、見た目と違って握力半端ないんだから、洒落《しゃれ》にならないんだから……あ、あだだだだだ」

カーサは降参とばかりに、シーノの手を自らの右手でパンパンと叩《たた》いた。

しかし、カーサがフギー・ムギーから離れたにもかかわらず、シーノはいまだにカーサの顔面を鷲づかみにしていた。

二人がそんな攻防を繰り広げている横をすり抜けるようにして、マートがフギー・ムギーの元へ歩み寄った。


——マート。

森の中で山賊に襲われそうになっていたところをフギー・ムギーに救われた商人の女性。

助けられた恩を返すためにフギー・ムギー達と一緒に暮らしているうちにフギー・ムギーのことを好きになり、妻の一人として一緒に暮らしている。


「旦那様、その魔獣のことなんですけど、これをご覧ください」

そう言うと、手に持っているちらしをフギー・ムギーに手渡した。

「「これはなんなりか？」」

「いきつけの雑貨店でもらったちらしなんですけど、ここをご覧ください」

「「ここって……『カルチャ飲食店開店フェア』って」」

「あ、そこじゃなくて、その下です。ほら、ここ」

マートがちらしの下の方を指さす。

その指さす先に改めて視線を向けた。

「「何々……『蛇の魔獣の目撃情報募集』なりか？」」

「そうなんです。この広告によりますと、クライロード魔法国の各地に蛇の魔獣が出現しているため、目撃した方はフリース雑貨店か、その関係者に情報を提供してほしいって書かれているんです。しかも、その情報の内容によっては賞金がもらえるそうなんですよ！」

「もし、ここに書かれている蛇の魔獣っていうのが、僕が捕縛した蛇の魔獣だったとして、本体を引き渡したら、たくさん賞金がもらえるなりか？」

「そこは、このマートにお任せください！」

そう言うと、胸をドンと叩いた。

「少しでも高値で買い取ってもらえるように交渉させて頂きますわ。ええ、元商人ですので得意分野ですもの」

「そうなりか。なら、早速持っていってみるなりか？」

そう言うと、フギー・ムギーは自らの体を双頭鳥《そうとうちょう》へと変化させていく。

巨大な足で、蛇の魔獣をむんずと掴む。

「はい！　私はいつでも大丈夫ですわ」

マートは、そう言ってフギー・ムギーの背中に飛び乗った。

それを確認すると、フギー・ムギーは大きな翼をはばたかせ、大空へと飛び上がる。

フギー・ムギーは速度を上げ、その姿はあっという間に山の向こうへと消えていった。

その光景を、カーサとシーノは呆然《ぼうぜん》としながら見つめていた。

「……な、なんか、美味《おい》しいところをマートに持っていかれたような……」

「……そ、そうですわね……」

二人は、フギー・ムギーが飛び去った方角を、じっと見つめ続けていた。

◇ホウタウの街・フリオ宅◇

フリオ宅の前には、大規模な放牧場がある。

ここでは、冒険者や行商人に貸し出すための魔馬や、魔獣レース場で走る魔馬達が飼育されており、自らフリース魔獣レース場のエースの座を揺るぎないものとしているスレイプと、その妻ビレリーの二人が中心になって運営していた。

そんな牧場の、フリース魔獣レース場へ続いている街道を、複数の魔馬達が歩く。

「あ！　スレイプ様、お帰りなさぁい！」

牧場内を魔馬に乗って整備していたビレリーは、その姿に気がつくと、先頭を歩いているスレイプへ向かって魔馬を走らせる。

「おぉ、ビレリーよ」

スレイプが両手を広げて満面の笑みを浮かべる。

自らが騎乗している魔馬の上に、器用に立ち上がったビレリーは、スレイプの腕の中に飛び込んだ。

「ビレリーよ、放牧場の方は変わりなかったか？」

「はぁい、今日も問題ありませんでしたよぉ」

そんな会話を交わしながらしっかりと抱き合った。

「……あ～、もう……」

そんな二人の後方に立っていたリスレイが苦笑しながらため息を漏らしていく。

「レースから戻ってきてそうそういちゃつくのって、ちょっとどうなのよ？　みんなだって対応に困ってるじゃない」

リスレイの後方には、スレイプ達と一緒に帰宅してきた魔馬や馬種の亜人達が一様に困った表情を浮かべていたのだった。

「あら、やだ、私ったらぁ」

リスレイの言葉に、我に返ったビレリーが、頬をさらに赤くしながら後方へ後ずさろうとする。

しかし、

「はっはっは。何が悪いというのだ、リスレイよ！　夫婦なのじゃし、堂々といちゃつけばよいではないか」

スレイプはというと、離れようとしたビレリーの腰を抱き寄せると、そのまま自らの肩の上にのせながら、高らかに笑い声をあげた。

「ちょ、ちょっとスレイプ様ぁ!?　う、うれしいですけど、恥ずかしいですぅ」

「はっはっは！　よいではないか！　よいではないか！」

スレイプ達がそんな会話を交わしていると、

「あ、あの……お取り込み中、すいません」

そこに、一人の亜人の男が声をかけた。

「うむ？」

振り向いたスレイプの視線の先に立っていたのはレプターだった。

いつもの首からゴーグルをかけたラフな格好ではなく、レプターはスーツに身を包んでいた。

途端に、スレイプの表情が不機嫌なものになる。


それもそのはず……

レプターはリスレイの事が好きであり、リスレイもまたレプターの事を憎からず思っているのは、公然の秘密となっている。

そのため、リスレイ命なスレイプにとって、レプターは天敵以外の何物でも……


「ちょっとパパ。せめて話くらい聴いてあげてよね」

「……むぅ……大変不本意ではあるが、他ならぬリスレイの頼みじゃ……」

そう言うと、抱き上げていたビレリーを下ろし、レプターの元へ歩み寄る。

「……で、小僧。今日はなんの用じゃ？」

「そ、それなんですけど……」

そう言うと、レプターは、ポケットの中から一枚のちらしを取り出した。

そこには、

『フリース放牧場　従業員募集』

と書かれていた。

「ふむ……最近は荷馬車の牽引《けんいん》用だけでなく、魔獣レース場での需要が増えたからな。新たに住み込み出来る従業員を募集したのじゃが……」

「そ、それに、俺……じゃ、なくて、僕を雇ってもらえないでしょうか？」

ビシッと気を付けし、腰を九十度曲げておじぎする。

そんなレプターを、スレイプは眉間にシワを寄せてジッと見つめた。

「……小僧、貴様に務まるのか？」

「は、はい！　俺……じゃなくて、僕は、ホウタウ魔法学校でも魔獣の飼育を頑張っていましたので……その経験をこの放牧場で活《い》かさせてもらえたらと思ってます！

朝が早くても文句いいません！

仕事がきつくても文句いいません！

俺、絶対に頑張ってみせます！」

お辞儀をしたまま、声を張り上げるレプター。

そんなレプターの様子を、スレイプが腕組みしたまま観察する。

その状態のまま、しばらく時間が経過した。

お辞儀をしたまま静止しているレプターの顔面から滝のような冷や汗が地面に滴る。

それでも、レプターは九十度おじぎの姿勢を維持している。


程なくして……


スレイプは大きく息を吐き出すと、くるりと背を向けた。

(……や、やっぱ駄目だったかぁ……)

レプターは歯を食いしばる。

そんなレプターに背を向けたまま、スレイプは、

「……うむ、そうじゃな……まずは三ヶ月のお試し期間からになるが、問題あるまいな?」

小声で、しかし、はっきりとそう言った。

その言葉に、レプターは思わず頭をあげた。

「……え?」

「『……え?』ではない。返事は?」

「あ、は、はい! よろしくお願いいたします!」

大声で挨拶し、再び九十度頭を下げた。

そんなレプターの様子を、スレイプは肩越しにちらりと見る。

（……まぁ、あれじゃ……確かにこの小僧は、リスレイの事を狙っておる不届き者じゃが……今時珍しく根性があって、責任感があるヤツじゃからな……）

そんな事を考えながら、家に向かって歩いていく。

「よかったねぇ、レプター！」

「ありがとう！　リスレイ！」

その背後で、レプターとリスレイが歓喜の声をあげて喜びあっている。

（……まぁ、しかし……交際を認めるかどうかは、また別の話じゃがな……）

二人の嬉《うれ》しそうな声を、歯ぎしりしながら聞いているスレイプだった。

◇神界の一角◇

「うむ、これで今日の任務も完了したな」

先ほどまで出向いていた中央管制塔を見上げながら、ゾフィナは大きなため息をついていた。

「クライロード世界で入手した粉薬の受け渡しも終わったし、これでしばらくの間休暇を取ることが出来るな」

大きく伸びをし、街道を歩き始める。

街道には、背に羽がある、神界人と呼ばれる人々が行き来している。

ゾフィナもまた例外ではなく、この神界では、背に羽がある姿をしていた。

「さて、せっかくの休みだし、いつもの店にオシルコでも食べに行くとするかな。そうと決まれば、転移管理塔に行ってパルマ世界への移動許可の手続きを……」

「あら、ゾフィナさん。こんにちは」

「あ、どうも……」

すれ違い様に挨拶をされたゾフィナは、慌てた様子で笑みを浮かべながら頭を下げた。

しばらくそのまま歩いていたゾフィナだが、その足を止めると、慌てて後ろを振り返った。

「さ、さっきの御仁……ま、まさか……い、いや、そんなはずは……」

ゾフィナが困惑しながら周囲を見回す。

そんなゾフィナの様子を、建物の陰に隠れるようにして見つめている一人の少女の姿があった。

「ふぅ、危ない危ない。よく知っている方にいきなり出くわしちゃったから、つい挨拶しちゃった」

その少女――エリナーザはくすりと笑みを浮かべると、首からかけているペンダントを手に取った。

「ゾフィナさんもいたし、どうやらここは神界で間違いないみたいね」

エリナーザはペンダントを見つめながら満足そうに頷《うなず》く。

その姿は、いつも研究室で身につけているぼさっとした衣装ではなく、周囲を歩いている神界人達と似た格好に変装していた。

「さて、今回はうまく転移できるかどうかの実験だけのつもりだったけど……どうせなら図書館くらいは見ていきたいかも……」

楽しそうに笑みを浮かべながら、エリナーザは周囲を見回す。

それはまるで、幼子が新しい玩具《おもちゃ》を手にした時のようだった。

◇クライロード城・第三王女執務室◇

ここクライロード城の二階に、第三王女の執務室がある。

クライロード魔法国の内政業務の補佐を行っている第三王女は、この部屋で国内の内政事情の情報収集を行っている。

常に大量の資料を脇に抱え、いつも忙しそうに駆け回っている第三王女。

そんな第三王女が、フリオ家に居候に出て数週間……
執務室の中央にあるソファの上で三人の女性執務官が倒れ込んでいた。
一人は、ソファに背を預け、
一人は、ソファからずり落ち、座部を枕代わりに、
一人は、ソファに座り、机につっぷし、

一様に、ぐったりした状態で寝息をたてている。

そんな女性の一人の顔に、窓から差し込んできた朝日が降り注いだ。

「……ん……も、もう朝ですか……」

机に突っ伏していた女性執務官アルバは、どうにか目を開けて体を起こす。

立ち上がって思いっきり伸びをした周囲には、書類が山積みになっている。

「第三王女様がお出かけになって、まだ一月も経《た》っていないというのに……まさかここまで仕事が滞るなんて……」

アルバが大きなため息をつく。

「ここの書類……まだ半分も目を通せていない……確かに内容は総務で処理していた物以外ないいんだけど……と、とにかく量が多すぎる……」

「総務時代は、多くても書類二十枚くらいだったのに、毎日毎日冊子五冊分も回ってくるなんて……こんなの聞いてなぁい！」

アルバの隣、ソファの座部を枕代わりにして眠っていた女性執務官のポトリが、悲鳴にも似た声をあげた。

ポトリの言葉に、アルバがため息を漏らしながら大きく頷く。

「……舐《な》めていたとしか言いようがありません……普段の第三王女様がいつも忙しそうに駆け回っておられたのは存じ上げておりましたけど……まさか、毎日これだけ大量なお仕事をこなしておられたなんて……」

（……しかも、このお仕事……第三王女様が担当される前は、第一王女時代の姫女王様が他の仕事の合間にこなされていたとか……あ、あの方々の処理能力って、どうなっているんですの……）

アルバが困惑と驚愕《きょうがく》が入り交じった表情を浮かべる。

「ねぇ、アルバ……意地はらないで、増員をお願いしようよ……徹夜四日目だっていうのに、目を通せていない書類が、未処理の書類がもう三日分……」

「じゃあ、これで四日分ですかね」

そこに、部屋の扉を開けて、一人の女性が入室してきた。

第三王女の執務補佐官シグナスである。

シグナスの腕には、冊子状にまとめられた書類の束が五冊分が抱えられている。

「……え、も、もう昨日の報告が来たんです？」

「ええ、そうですよ、っと」

困惑した表情を浮かべているアルバとポトリの眼前、机の上にシグナスがドンと書類の冊子を置いた。

その量を前にして、二人は完全に固まっていた。

そんな二人に、シグナスはどこか冷めた視線を向ける。

「当然わかっていらっしゃると思いますけど、第三王女様は、これらの書類を朝食を終えるまでには目を通し終えておられましたけれど……」

シグナスはその視線をさらに冷たいものにする。

「まぁ～さぁ～かぁ～……出来ないんですかぁ～？」

わざと首を横に傾け、煽《あお》るようにアルバの顔をのぞきこむ。

「で、出来ないなんて言ってません！　や、やります！　やりますから！」

眉間にシワを寄せながらも、アルバは言葉を絞り出す。

（……これって……初日に私達が煽ったアレの、意趣返しってわけ？……上等じゃない、きっちり終わらせて、鼻を明かしてやるんだから……それに、第三王女様も明後日《あさって》には戻ってこられる予定ですし……）

アルバは額に汗をにじませながら、シグナスをにらみ返す。

「……あぁ、そういえば」

そんなアルバへ、改めて視線を向けるシグナス。

「先ほど、第二王女様から連絡があったのですが、第三王女様が戻られるのは、あと一ヶ月ほど先になりました」

「「な!?」」

シグナスの言葉に、アルバとポトリは目を丸くし、その場で固まる。

なお、サンサはいまだに目覚めていなかったのだが、目を覚まし、第三王女の帰還遅延の知らせを聞き、再び意識を失った。

◇ホウタウの街・フリオ宅◇

フリオは、リビングの椅子に座っていた。

「クライロード魔法国内に出現した蛇の魔獣ヒュドラナって、ゾフィナさんの話だと、このクライロード世界に真の平和が近づいた時に現れる最後の試練って話なんだけど……」

フリオの言葉を受けて、リースが両手の指を広げる。

「確か、九匹いるんですわよね？　で、

一匹は、旦那様と私が共狩りの際に捕縛して、

一匹は、ゴザルがホウタウ魔法学校で捕縛して、

一匹は、ダクホーストがフリース雑貨店の前で捕縛して、

一匹は、スレイプが魔獣レース場で捕縛して、

一匹は、ガリルが仕事中に捕縛して、

一匹は、ワインがドゴログマで捕縛して、

一匹は、エリナーザが薬草採取中に捕縛して……」

一本ずつ指を折っていくリース。

そんなリースに、ゴザルが、

「そういえば、フギー・ムギーが一匹捕縛したから買い取ってほしいと言って、フリース雑貨店に持ち込んでいたらしいぞ」

「となると……これで八匹ってことですわよね……あと一匹、まだ出てくるってことかしら？」

「多分、そういう事だと思うけど……」

フリオとリースが顔を見合わせる。

「ヒュドラナは九体の分体が合体して、九頭蛇に進化することで真の厄災魔獣になるらしいけど、もう八体倒しちゃったから……」

「一体だけでしたら、よっぽどの人口密集地帯へでも出現しない限りは、まぁ、問題なく対処出来ると思うのですけど……とにもかくにも、用心するにこしたことはありませんわね」

そう言ってフリオの元に歩み寄った。

「と、いうわけで旦那様、今日から毎日共狩り《デート》にまいりましょう！　えぇ、そうしましょう！」

リースは頬を赤く染め、満面の笑みを浮かべながらフリオの両手を握った。

「その事なんだけど……ヒュドラナの反応がわかったから、クライロード魔法国全体を索敵してみたんだけど、反応がなかったんだ」

「うむ、私やヒヤもやってみたが、それでも反応がなかったから、おそらく我らの知らないところで、討伐されたのではないか、と、思っているのだが……」

ゴザルの言葉に、リースが目を丸くする。

「ちょ!?　ゴザルってば、この野郎！　なんてタイミングでなんて事いいやがりますの！　せっかく旦那様と共狩り《デート》する口実が出来ましたのに、それを即座に踏みにじりやがるなんて！」

リースが顔を真っ赤にしながらゴザルに対して抗議の声をあげる。

そんなリースを前にして、ゴザルは、

「はっはっは、それは悪い事をしたな」

豪快に笑ってそう答えた。

そんな二人の様子に、思わず苦笑するフリオ。

そんなフリオ家の玄関の方から、

「こんにちは～」

女性の声が聞こえてきた。

「は～い、今いきますわ」

それを受けて、ゴザルを責めるのを一時中断したリースが、小走りで玄関に向かっていく。

その後ろにフリオも続く。

二人が揃《そろ》って玄関を開けると、

「あは♪　こんにちはぁ」

そこには、テルビレスの姿があった。

すでにお酒で出来上がっているのか、顔を赤くし、ぽややんとした表情を浮かべている。

「あら、テルビレスじゃない。どうかしたのかしら？」

「いえですねぇ。実は先日お酒を造ったんですけど、これがまたすっごくいい感じに出来上がったんです。で、ですね、この喜びを、いつもお世話になっているフリオ様ご一家にもお裾分けさせて頂けたらと思いましてぇ」

そう言うと、隣に置いていた酒の瓶をフリオとリースの前にドンと置いた。

その瓶を見るなり、フリオとリースは思わず目を丸くした。

「……だ、旦那様……ま、まさかこれって……」

「……そうだね……多分リースが想像しているとおりだと、僕も思うよ」

互いに顔を見合わせ、再び酒瓶へ視線を向けるフリオとリース。

その酒瓶は、テルビレスの足元から腰のあたりまである巨大なものなのだが、問題なのはその中身だった。

「そうなんですよぉ。なんかですね、ホクホクトンに、蛇をお酒に漬けると美味しいって聞いたものですから早速やってみたんですけど、これが最高に美味しいんですよ」

満面の笑みを浮かべながら、自分が持って来た瓶をバンバンと叩く。


その瓶の中には、蛇の魔獣が入っていた。


（……あの魔獣って……ヒュドラナの分体ですわよね？）

リースがフリオに、小声で話しかける。

（……うん、間違いない）

その言葉に、フリオも頷いた。

そんな二人の会話が聞こえていないのかテルビレスは、

「しかもこのお酒、美味しいだけじゃなくて、いろんな効能があるみたいなんですよ。私が分析したところだと……滋養強壮にぃ、疲労回復にぃ、快眠効果にぃ……それに子宝効果にぃ……」

そこで、リースが動いた。

瞬時にテルビレスの眼前へ移動し、酒の瓶をテルビレスから奪い取った。

「ちょっと待ちなさい、テルビレス、このお酒に子宝効果があるですって？」

「あ、はいぃ、そんな効果もあるみたいですよぉ」

その言葉を受けて、酒瓶の蓋を、

キュポン。

親指で押し開けると、酒を一気に飲み始める。

「ち、ちょっとリース!? い、一気飲みは体によくないから……」

困惑しながらリースを止めようとするフリオ。

そんなフリオの前で、リースはすさまじい勢いで酒を飲み干していく。

「あぁ!? り、リース様ぁ!? ぜ、全部は困ります、全部はぁ!?」

テルビレスもまた、慌ててリースを止めようとする。

一度酒瓶から口を離したリースは、その視線をフリオへ向けた。

「旦那様、考えてもみてください。ガリルとエリナーザは独り立ちしましたし、リルナーザももうじき学校に入学するんですよ？ となると……」

そう言って、リースは再び酒を口にする。
そんなリースを、なんとかして説得しようとするフリオだった。

あとがき

この度は、この本を手に取っていただきまして本当にありがとうございます。

『Lv2チート』も15巻になりました。今巻では、新生活スタートをテーマに、フリオ家の子供達《たち》やホウタウ魔法学校の同級生達の新しい進路をえがきつつ、平和へ向けての試練的な物が出現するという、主軸二本でお送りしております。

金髪勇者も新たな展開を見せながら球状世界の設定を盛り込んでおり、色々と楽しめる内容になっているかと思いますので、楽しんで頂けたら幸いです。

今回も、すっかりお馴染《なじ》みになったコミカライズ版『Lv2チート』との同時発売になっており、原作者といたしまして、そちらも8巻を迎えることを喜んでおります。

また、私原作作品であります『異世界居酒屋さわこさん細腕繁盛記』や『異世界コンビニおもてなし』では、コミカライズやラジオドラマを皆様と一緒に楽しませて頂きました。

最後に、今回も素敵なイラストを描いてくださった片桐《かたぎり》様、出版に関わってくださったオーバーラップノベルス及び関係者の皆さま、そしてこの本を手に取ってくださった皆様に心から御礼申し上げます。

二〇二三年一月　鬼《き》ノ城《じょう》ミヤ

作品のご感想、
ファンレターを
お待ちしています

あて先

〒141-0031　東京都品川区西五反田 8-1-5 五反田光和ビル4階
オーバーラップ編集部
「鬼ノ城ミヤ」先生係／「片桐」先生係

Lv2からチートだった元勇者候補のまったり異世界ライフ 15

発行　2023年1月25日　初版第一刷発行

著者　鬼ノ城ミヤ

イラスト　片桐

発行者　永田勝治

発行所　株式会社オーバーラップ
〒141-0031
東京都品川区西五反田8-1-5

校正・DTP　株式会社鷗来堂

印刷・製本　大日本印刷株式会社

ISBN 978-4-8240-0392-8 C0093

【オーバーラップ　カスタマーサポート】
電話　03-6219-0850
受付時間　10時～18時（土日祝日をのぞく）